LOCUS

LOCUS

LOCUS

LOCUS

to

fiction

to 19　十三不靠

作者：尹麗川

責任編輯：鄭立中

美術編輯：謝富智

法律顧問：全理法律事務所董安丹律師

出版者：大塊文化出版股份有限公司

台北市105南京東路四段25號11樓

www.locuspublishing.com

讀者服務專線：0800-006689

TEL：(02)87123898　FAX：(02)87123897

郵撥帳號：18955675　戶名：大塊文化出版股份有限公司

總經銷：大和書報圖書有限公司　地址：台北縣三重市大智路139號

TEL：(02)29818089(代表號)　FAX：(02)29883028 29813049

排版：天翼電腦排版印刷股份有限公司　製版：源耕印刷事業有限公司

初版一刷：2003年3月

初版二刷：2003年11月

定價：新台幣250元

Printed in Taiwan

十三不靠

尹麗川 著

目次

孫子找爸爸

一·虎頭／二〇二〇

孫子在二十歲那年的一個傍晚，端了碗麵坐在門檻上，邊吃邊看夕陽。吃完麵他聽見嗚咽的古琴聲，就回頭看他依然美麗的母親孫娘：媽，你彈得眞好。

孫子的家安在山腰上。此時面朝山野，殘陽滴血，琴聲如訴，孫子心中浮起一種模糊的情感，卻不知怎麼說出口。從小孫娘教孫子識字，只教些實用的詞，例如碗、麵、吃、太陽。從不教無用的詞，例如傷感、遙遠、淒淒慘慘戚戚。要是一個文人在山腰處吃了麵看了夕陽聽了琴聲，可能來一句人生如夢或者似水流年。孫子卻只叫了一聲：時間。很有點後極簡主義的味道，然後轉頭問：媽，我多大了？這時孫娘彈完了一曲「高山流水」，也走到門檻，坐在兒子身邊，掐指一算：可巧，你今天二十歲了。孫子無師自通地說，時間眞像門前的那條水溝啊。媽，我要去大城找爸爸。

這時候，鄰山的李巧兒開始了例行的每日一歌。只聽她婉轉唱到：太陽下山喔喂，哥哥和我玩哪。妹妹的辮子長又亮，你願摸來還是香……李巧兒是遠近山村聞名的大美人，年輕小夥子一聽到她的歌聲，都紛紛在自家山頭唱開了。平日裡，孫子準扯開嗓子大叫一聲巧兒妹妹，但此刻卻置若罔聞，只是凝望母親。孫娘一看兒子心意已決，歎了口氣道：你要找眞爸爸還是假爸爸？

二・差錯／時代背景

孫子二十歲那年終於啓程，登上了通往大城的路。走之前他爺爺孫老子再三叮囑，咱們這兒小國寡民慣了，搞不懂城市的人事糾紛，要多多忍耐才好。我以前看過的香港電視劇裡，哪個英雄不是先挨打再出頭的。孫子答應著往外走，孫娘一把拉過他的手，我的兒！我這輩子就你這麼個依靠，可不能出什麼差錯啊。孫子心想媽你活得有滋有味的，情人換了好幾個，怎麼就我這麼個依靠呢，當下不好反駁，陪笑點了點頭。孫娘遞給孫子一袋熟雞蛋，抹了把淚：你爸爸手臂上刺了個「酷」字。關於你爹，我就知道這麼多。關於城市，你去了就知道。

孫子於是左肩背著軍挎，右肩背著一袋子雞蛋，吊兒郎當地上了路，其視覺形象，很有點像二十年前安徽農民去北京打工。所幸這會子今非昔比，早沒有了階級之別，城鄉之差。更重要的是，沒有了戶口局和簽證處，去哪裡都不再需要證件。關於此必須作一點簡單介紹，自從學校關了門，年輕的一代都不再看歷史書。二十年前發生的事，對於記憶已經過於久遠了。

衆所周知，整個的人類，總是因了差錯才變化的。時間本來可有可無，那個叫瑪麗亞的處女生下了孩子後（當然，這種光怪陸離的錯只能發生在西方），西方人心中一迷茫，就非給全世界人民樹立了時間的概念，公元年就這樣開始了。階級的消滅本來任重道遠，也只是因了一個差錯，共產主義就提前來臨了。這差錯說來可笑，不過是電腦裡鬧了一場千年蟲災。在我們上一個千年的末期，電腦是最主要的生活空間，家長帶小孩去動物園不用出門坐車，只需打開電腦，孩子就可以給獅子餵食了。那時候一切井井有條，科技蒸蒸日上，國家之間或者打著小仗，或者談著經貿條約，一切都在進行發展之中。然而到二〇〇〇年零點那一刻，電腦裡群蟲亂舞，天下大亂。軟件紛紛暴動，幾千顆衛星發射錯位還在其次，所有證明人身分的數據資料全都煙消雲散。也就是說，公安局不用再存在了。

自古世上發生暴動，或曰起義、革命、逼上梁山，總是有吃虧的有受惠的，但這次因爲沒了身分，全都擺平了。銀行的錢在帳號上到處亂竄，許多人一夜之間成了億萬富翁，但沒有身分，誰也取不了錢，銀行就永久性地關了門。還有在美國擔驚受怕的黑戶，乍一想沒什麼可怕的了，就大搖大擺走上街，再一想既然美國人的身分不值錢了我他媽還在這兒受什麼罪，又哭著鬧著要回國。在美國機場每天可見很多這樣的人，聽說其中黃皮膚黑眼睛的居多。飛機被蟲子一鬧也不靈了，沒人敢開。要回國只能坐船，需九九八十一天。大家又都看過《鐵達尼號》，不敢坐船，只能歎口氣怨當初目光短淺。

失去身分鬧出的亂子實在太大了，大得沒有辦法管，主要是沒人管，誰也不聽誰的。一開始有些人在爭，你說你是法院院長，我說我是婦聯主席。說這些話的大多是沒當過官的平民好事之徒，眞的院長主席樂得回家睡覺去，反正沒什麼油水，銀行不在了，工廠停了工，商店店員把電視往家搬，建築隊住進了自己新蓋的房。世界各地國家之名雖然還在，但和從前不是一般光景。沒有軍隊、法庭和員警，也沒有稅收，一幫閒人天天在政府大樓磨洋工。首腦們先是相繼告老還鄉，可當了這麼多年總統總理，對人指手劃腳慣了，在家鄉沒有人緣還受氣，頗爲寂寞，又紛紛回到政府大樓，權當老幹部活動中心。亞洲活動中心以棋類、牌類爲主，歐美洲風行高爾夫球。這一結局除了美國的前頭目小柯，大夥兒都很滿意。小柯自忖年紀還輕，覺得中老年運動不夠刺激，意欲組織中年梯隊搞拳擊大賽，沒人回應，心一冷辭職打道回府，計畫寫自傳賺點外快。小柯翻出陳年情史，添油加醋一番，直寫得自己都臉紅心跳。沒想到人家出版社看都不看一眼文稿。社長說得合情合理，你又不是總統了誰還關心你那點破事兒，我這兒三級片多的是。結果小柯反而買了兩張毛片回家。

孫子就是在蟲災爆發的那一刻出生的。當時流行倒數計時和大抽獎，誰的孩子在千年之交出生，誰就可以得到獎勵。當然，這裡的孩子不包括私生子，必須是婚姻內的果實。至於這小果實是不是正經夫妻交歡而來，倒並不那麼要緊。婚姻是國家給的名分，夫妻是男女之間的名分，國家名分顯然高於一切。爲了獲大獎，全國城鄉二十歲到四十歲的已婚女子紛紛拉丈夫或者情人上床，未婚的也趕緊懷上再找個男人結婚。那時一切都很嚴格，基層組織完善，別說查你結沒結婚，就是查你如廁是否節約衛生紙都沒問題。孫子的媽媽孫娘爲了拿獎很是吃了番苦，先找了個人懷上孫子，又嫁了個人給孫子當爸爸，預產期明明在十月非要挨到十二月三十一號，又從三十一號早晨挨到晚上。世紀末最後一刻孩子倒是生下來了，但孩子的身分無法輸入電腦註冊。誰都知道，沒有註冊就沒有身分證，沒有身分證就沒有身分，沒有身分就等於不存在。

三．大城

在孫娘從前居住的大城，雖然有幾千人（現在還不知道是誰）因爲失去身分悲痛得上了吊，但很多人看起來卻興高采烈，尤以城市裡的農民爲最。消息傳出的時候，有個叫受氣包的河南農民正在給市民趙小姐稱一捆青菜，一聽見這事菜也不賣了，推著三輪車一氣跑回了河南老家。那天晚上沒有青菜吃的趙小姐一通亂罵罵這幫農村人好沒良心，正在洗碗的安徽小保姆聽清原委，把碗一摔，揮揮手也走了不帶走一片都市的雲彩。諸如此類的事情比比皆是。既然人人都可以自由行動，想去哪兒生活就去哪兒生活，就沒什麼人願意動窩了，已經生活在別處的基本上返回了老家。不少人私下抱怨當初怎麼沒多些人出國，現在人均占地面積也好寬鬆些。

既然沒了身分證，結婚證、離婚證、重婚證也都不管用了。等等婚姻證件不管用了以後，還願意做夫妻的，不剩下幾對。許多的丈夫離開了妻子，更多的妻子離開了丈夫。孫娘就是其中一位，扔下臨時丈夫，帶著孫子，攙著老子，走回了老家的深山老林。留在大城的人，大多是沒經過什麼紅塵，也就沒什麼可看破的人，也就是說，窮人和沒談過戀愛的人。留下來的人還漸漸發現，女人失去身分並不影響她塗脂撲粉，男人失去身分照樣洗三溫暖唱卡拉OK。大城人想清了這一點以後，又歡歡喜喜地過上了日子，而且徹底換了個活法。從前人人為聲名忙碌，現在丟了身分，沒有了高低貴賤之分，上進就成了最可笑的事。那些懂得趕潮流的服裝商，忙把以前印了洋文的T恤改了，印上「及時行樂」、「不求上進」、「我玩故我在」、「我喜歡多夫多妻」之類的時髦話。人們嘗到了無名無分的甜頭，總結了以往經驗，約法三章：不開會，無名分，無法無天。

孫子來大城尋父的時候，大城人民已經平平淡淡才是眞地過了二十年了。二十年來風景如一日，彷彿有架攝像機遠遠地監控著，市民們不厭其煩，重複排練上演。賣炸臭豆腐的老張每天早晨九點準時挑了擔子下樓，往樓門口一站，扯開嗓子：炸臭——豆腐，越臭——越香。靠賭錢為生的劉二邦，凌晨摸回家睡覺，黃昏時分下床，洗把臉，吃口剩飯，又渾渾噩噩地出門賭。每天凌晨，劉媽媽一聽見兒子鬼鬼祟祟的聲音，總是罵一聲：小混蛋，又輸了吧。這罵聲從來沒有改變過。劉二邦從沒想過這輩子除了賭還會做別的，賣炸臭豆腐的老張也沒想過開個臭豆腐公司，把臭豆腐出口到法國人的餐桌上。「發展」這種詞在二〇二〇年，好像民國時期一位滿清遺老的辮子。西方人曾經引以為榮的精確的時間概念不復存在了，起碼大城的男女老少習慣抬頭看看日月星辰，估摸著時辰吃飯做愛睡覺。陰雨天家家戶戶都閉門不出，孩子們找出角落裡的鬧鐘，上滿弦當玩具。時針的滴嗒聲和著風雨，中老年人們聽上去很有些懷舊，遙想當年每天清晨，無論風雨，提起公文包疲於上班奔命，不禁對兒孫感歎：你們才是幸福的一代啊。

大夥兒雖不再熱火朝天地搞經濟建設，大城卻絲毫沒有敗落的跡象，依然繁華如昔。這集中體現在某些自我發展得熱火朝天、甚至如日中天的行業，包括飯館、妓院、賭場、丐幫、武術館。這說明食色賭懶爭，性也，也說明發展和人民的幸福並不一定成正比。孫子進城的時候看到的就是一幅大城人民其樂融融的標準照。密密麻麻的小吃攤子鋪滿了整個街面，街邊的門臉房都標著「賭」或者「武」。街上行人以極慢的速度移動腳步，反正沒什麼可著急的嘛。天上地上飄散著各式各樣、懶洋洋的喧囂聲：叫賣聲，吵架聲，洗牌聲，哈欠聲，打情罵俏聲。路兩邊有不少人紮堆，包括下棋的堆，打牌打麻將的堆，擲色子的堆，打毛衣的堆，鬥蛐蛐的堆，還有什麼也沒做，圍在一起晒太陽的堆。除了人堆，另有人行人列。一些穿得花花綠綠的姑娘和少年，分散著站在路沿，成行列狀。姑娘們見到孫子就開始叫：先生，進來坐吧。看到沒反應就換了稱呼：小哥，剛進城吧，一個人多寂寞喲。有位姑娘大聲地嚷：酬賓價，八折啦！別的姑娘一聽，紛紛叫開：我們這兒禮物大派送，嫖二送一。孫子在深山裡長大，哪裡見過這等轟轟烈烈的排場，不禁紅了臉，使勁兒掙脫了十幾雙伸過來的玉臂。旁邊的少年們見了，對姑娘們說：你們別叫了，沒用。然後各自對孫子拋媚眼：兄弟，到這邊來，咱們說點知心話。

四．民心

孫子是個二十歲的少年，並不因爲和李巧兒在山坡上胡鬧過幾回，他就會變成男人。這個少年在他感到時間流逝的瞬間，起意遠行。這實在沒什麼新鮮的。送行時爺爺和媽媽都哭成了淚人，孫子表面上依依不捨，心卻早已飛到千里之外。這也和我們大多數人一模一樣。出發前孫老子再三提醒孫子躲開兩種人，笑得讓你骨頭發酥的女人和友善得讓你死而後已的男人。這些話，此刻自然也被當成耳邊風。

現在一位徐娘站在豔陽天下，看見孫子臉紅比得了錢還興奮，一把將他拽到懷裡：小哥，看你不像本城人。好不容易來了，至少得做個按摩。孫子被女人熱氣騰騰地一摟，額上直冒汗：好姐姐，我是來找人的。徐娘：對啊，找我就對了。孫子：我找我爹。徐娘：找男人？男人都在我們滿香樓。不行，我媽叫我去市政府。市政府？我們滿香樓裡有的是。

滿香樓裡香霧繚繞。徐娘把孫子帶到一扇門前，浪聲說：去吧。去完市政府，可得去我那兒啦。孫子一看，門前坐著個老頭，臉上皺紋堆得像個胡桃，門上確實掛著市政府的招牌。老頭伸出手指，顫聲比劃說：兩毛。孫子交出兩毛就推開了門。

衆姑娘少年見徐娘把孫子拽進了滿香樓，不免相互搓呀，薑還是老的辣。但只過了兩分鐘，一條人影就從滿香樓裡竄出來，接著踱出幾個滿香樓的保鏢，不緊不慢地叫道：抓人哪，有人要賴啦。保鏢們的從容不迫是可以理解的。滿大街的人都在等待出事，一聽見抓人，都打起精神，呼地朝孫子湧過來。

林忠賢自幼體弱多病，天天拿著望遠鏡，從樓上觀測樓下的風景，現在他的鏡頭中出現了一群爭吵的人，於是收起望遠鏡，仔細抹了一把頭油，不慌不忙地下了樓。

孫子和滿香樓的幾個保鏢正處於爭吵的中心，一夥兒人在旁邊笑瞇瞇懶洋洋地觀看。拉客引起的糾紛在大城原本稀鬆平常，所以看官們的勁頭也不是很大。只有孫子顯得有些激動：大爺大媽，大叔大嬸，你們評評理。我找的是市政府，他們拿廁所來冒充。一聽這話大夥兒評了理：小夥子，這就是你的不是了。你找市政府，人家帶你去廁所，天經地義。一位老大爺比較慈祥，看孫子一副愕然的模樣，耐心解釋道：你不是本地人吧。這裡有一段故事。

這段子周圍的人都聽過幾百遍了，但還是耐心地豎起耳朵。因爲大城人的時間永遠都花不完，只能重複著花，或讓別人幫著花。老大爺講了起來：二十年前，市政府是全城管事的大媽，事無巨細，操碎了心。後來天下太平，沒事可管了，府上的人當了回大爺，下下棋，打打牌，把市政府改成了棋牌館。可這家棋牌館競爭不過別人家，老同志們年紀又大，不能幹別的，總得有口飯吃，就把棋牌館又改成收費廁所，坐在椅子上打瞌睡就能收錢。可市政府有七八十個老同志，一幢收費廁所兩個老頭就夠了，不能一棵樹上吊死，老同志們就分散到各處看廁所。城裡人尊老愛幼，把看廁所的工作全交給了他們。府上的人曾經都很有威望，他們往廁所前一坐，廁所就有了市政府當年的氣派。當年咱們哪敢隨便進市政府啊，現在覺得上廁所很光榮，就把廁所改名為市政府。

滿香樓一個長馬臉的保鏢接過話茬：徐娘這丫頭以為你內急，也是一番好意嘛……

孫子本來心悅誠服地點著頭，聽見這話又激動了：不對呀，她騙我，她明明知道我不是大城的人，你們也知道……

早混在人群中的林忠賢終於有了插嘴的機會，扯開細嗓門，慢條斯理地說：你這是什麼意思？你說咱們大城人都在騙你？

周圍的人立刻警覺起來，轉變了懶洋洋的態度，包圍圈嚴實了許多。滿香樓的保鏢們更是摩拳擦掌：膽子不小，敢罵咱們是騙子。孫子忙分辯道：我沒說你們都是騙子……

林忠賢笑咪咪地：哦，原來咱們大城人不都是騙子……

年輕男人們已經開始磨牙。婦女們邊打毛線邊嘰嘰喳喳。

孫子慌了：我沒這麼說，你們可得講理。

林忠賢尖聲地：你沒說難道我們誣衊你？難道我們大城人不講理？大夥兒評評看！

林忠賢的嗓音雖然纖細，分貝卻極高，穿透力也極強，聲波飄到三里之外。街上的男女老少一聽，齊聲發出「他媽的！」。孫子他媽經常說「他媽的」，她一說孫子就知道大事不好，連忙跑到外面去玩。現在一聽到這三個字，孫子本能地從人群中瞅準一個空檔，鑽出去就跑。林忠賢大樂：畏罪潛逃！沒錯他幹嘛跑啊！這次不用他提醒，衆人早就撒開了腳步去追，越追越覺得追得有理。城裡人是走路一天天走大的，山裡人是在山上跑來跑去跑大的，按理說城裡人怎麼也追不上上竄下跳的孫子。但大城有個詞叫人多勢衆，對付本族人常常很有效。靠著群衆優勢，總算把孫子重新包圍在人牆之中。人牆越縮越緊，被圈在中心的孫子一看跑不出去也就安靜下來，再一看衆人的臉色不禁嚇了一跳，人人臉上興奮莫名，有些人的眼睛紅得發光。

看到這種局面有一個人最爲得意，當然就是林忠賢。體弱多病的他自幼躺在床上苦讀歷史政治，雖然越讀越瘦得像一根麥稈，對於歷朝歷代掌權或奪權的祕訣卻早已熟爛於心，知道歸根結柢，就是「民心」二字。掌權的酒足飯飽之餘對民說幾句貼心話，爲民的就感激涕零。奪權的對民一煽風點火，立刻就民心所向，衆望所歸。如今城泰民安，林忠賢空長了無數心眼，一腔抱負無處使，好不容易有個煽風點火的機會，當然要小試牛刀，走群衆路線。一試之下，果然團結就是力量，滿街大城人皆義憤塡膺，其激烈程度超過了林忠賢的想像。這是因爲林忠賢長期癡迷於書本，精神有所寄託，對大城人民的精神狀態瞭解不足，體會不深。多年以來，大城人表面上一副其樂融融之態，內心實已到了崩潰的地步。堆積成山、無處可洩的無名火早就燒得難受，大夥兒不會放過任何一次撒火的機會。

五. 無名火

只要不是神仙，就肯定有火氣。人當然不是神仙，人有兩種火氣。分爲有名火和無名火。輸了錢挨了打的人心裡有火，心裡燒的是有名火。贏了錢打了人還一臉哀怨的，心裡燒的是無名火。孫子來到大城的時候，城裡人心裡各種火正燒得慌。二十年來，大家每日按照程序，該打牌的打牌，該要飯的要飯，該做皮肉生意的做皮肉生意，自由得不知所措，舒服得無地自容。現在經過林忠賢的點撥，大城人自覺挨了孫子的罵，以有名火的名義，大可發作無名火，自然人人雀躍，眼露凶光。

孫子見勢不對，情急之中想起了爺爺教授的話：大爺大媽，大叔大嬸，小弟初來乍到，有什麼不對的，請多擔待。小弟早聽說，你們大城人是很講理的。衆人果然臉色稍霽，開始七嘴八舌地講理。有人云：我看這小子還算禮貌。一保鏢說：那也得先教訓一頓，不然他不知本城的厲害。一楞頭青附和道：對，好久沒打架了。此言一出，立刻招來他人指責：胡扯，誰願意打架，我們在討個公道。林忠賢糾正說：主持公道，關鍵看他來大城有什麼目的。

我來是——孫子一張口就被打斷。問你了嗎？沒問。沒問就閉嘴。孫子只好閉嘴。衆人衆說紛紜，討論了半天沒有結果，內部爭執起來。許多人翻出彼此的新仇舊恨，當場對罵。孫子數次解釋自己的來意未果，站得腿都木了，也沒人理他，索性躺在地上。已是正午時分，陽光如絲絨般裹在身上，孫子很快睡著了，打起鼾來，夢做到一半時被人推醒，大夥兒忿忿然：說你的問題呢，怎麼躺下了。孫子只好站起來，大夥兒的矛頭重新集中到他身上，過一會兒又把他忘了。

林忠賢雖然熟讀史書，於心理學卻一無所知，不知道自己從小就燒了一團無名火，表現爲喜歡整人和興風作浪。關於無名火還有一點補充。有些人發了無名火就想管人整人打人，有些人發了無名火就想被管被整被打。北方口語說得好：欠揍。還有一個字全國通用更是精闢：賤。大城武術館裡，申請挨打的比申請打人的多得多。關於此節林忠賢日後才會明白。現在他畢竟缺少實踐經驗，點了把火後不知道如何疏導火勢，眼前雜亂無章的局勢顯然與他的抱負相去甚遠。他憑直覺想，要是來個流氓打手就好辦多了。

劉二邦來到大街上看熱鬧時，已是近黃昏了。他昨晚輸了錢，回家一覺睡得昏天黑地，這才悠悠醒來，聽見外面的吵鬧聲，趴在窗邊一看，地上烏壓壓躺倒了一片。二邦一陣心花怒放，太好了，出事了。鞋都來不及換，趿踏著拖鞋就急急地下了樓。

此刻街上的景色是這樣的：一個大圈子，周邊的人踮著腳尖往裡看往裡鑽，裡面的人正往外湧，嘴裡嚷著讓一讓餓死了或者讓一讓方便一下，最裡圈的由於持久辯論過於勞累，都改為坐式和躺式，有人在小憩，有人抽著煙思索，有人正吵個不停。處於圓心的孫子也被批准躺下，正在半夢半醒之間。

此刻劉二邦的心理是這樣的：昨晚輸錢點燃了一團有名火，看見亂子又燒了一團打架鬧事的無名火。他扒開衆人，三下五除二，穿過半徑，衝到圓心，嘴裡不乾不淨著：他媽的誰在撒野？隱藏在人群中的林忠賢一瞧來人模樣，年輕、目光迷亂，顯然不學無術，趿踏著拖拉板，心中喜悅，尖聲說：小夥子，有人罵咱們大城人不講理，還騙人呢。

劉二邦：打丫呢！丫在哪兒？

一隻羸弱的白手臂伸了伸：那兒！

孫子隱隱約約聽見「騙人、講理」的字眼已經醒了一半，再聽見「打」字趕緊跳起來，轉眼間瞥見一隻不明飛行物朝自己飛來，虧了身體靈巧，急向旁邊一閃，躲了過去。劉二邦臉上一紅，脫下另一隻拖鞋扔過去，又被孫子躲開。孫子也不是省油的燈，年輕氣盛，心頭也上了火，把爺爺的教誨丟到一邊，衝過來和劉二邦廝打。衆人不禁拂然，把各自的口頭工作放下，專心看熱鬧。林忠賢更是連退三步，在後排靜心觀察局勢。

此時許多小販穿梭於人群中，叫賣冰淇淋、爆米花和瓜子。報童也異常活躍。這些人平日裡沒什麼生意。二十年前他們的父輩倒是在電影院很有市場，還被當時的領導譽爲「有民族特色的小買賣」。電影廠也感激他們幫助穩定票房。後來沒人再願拍電影了，電影院年復一年放些舊片子，沒什麼人看。報紙多年來也賣得不好，主要是內容無聊，美國總也不打仗，名人們失卻身分，也就不再製造緋聞醜聞。大城的影院小販和報童們只有天天等待大街上出事。就像此刻。看熱鬧的人總喜歡嗑嗑瓜子或看看報紙，報紙看完了還可以墊著坐。看熱鬧可是一門學問，《辭海》二〇一〇年版注釋道：看熱鬧：大衆必修課，益勞逸結合，可修身養性。

林忠賢最懂的就是修身養性。他在眼觀六路耳聽八方的同時，正舒舒服服地吮著一個冰淇淋，手裡還拿著一張報紙。他的報紙除了看和坐兩個功能，還可以在說錯話時用來擋臉，然後問周圍的人，剛才誰說了蠢話。此時圓心處坪砰作響，拖鞋、石子、草帽在空中飛來飛去，「哎喲」聲不斷。林忠賢覺得今日的冰淇淋分外的香甜，捨不得幾口吃完，伸出舌尖一圈圈地舔，奶油也被他的纏綿弄化了，軟軟地滴落。這時「啊」的一聲凄厲地響起，一條人影從空中劃過，受地心力的吸引不得不摔落在地。衆人不免也發出「啊」的一聲，不過一點不凄厲，頗爲婉約。再一看，躺下的人正是劉二邦。孫子仍站在圓中央，氣喘噓噓，臉上不免有得意之色。

近年來武術教頭們日漸走紅，因爲在沒有警察和軍隊的時代，人們照樣喜歡用武力解決糾紛。所以在沒有警察和軍隊的時代，人們最愛慕的就是個人英雄。看見孫子少年得志，林忠賢一口吞掉剩餘的冰淇淋，果斷而迅速地調整方針，痛心疾首地指著賴在地上的劉二邦：這個小青年太不懂禮貌。人家外地人初來乍到，他不分青紅皀白，上去就打，把咱們的臉都丟盡了。眾人一想，可也是啊，皆點頭頷首。這時人群中傳來一個溫厚穩重的聲音：這位先生所言極是。大城自古乃禮儀之邦。林忠賢心中一驚：城裡除了我，難道還有高人？

六．第二種人

第一個看見老備的人，是賴在地上的劉二邦。二邦先是心中一喜，表叔來了，忙掙扎著坐起身，再一聽他說的話，又倒了下去。老備一步從他身上跨過去，看都不看他一眼，徑直走到孫子面前，彎腰深深一拜：先生貴姓？孫子受寵若驚：我姓孫，名子。老備道：孫先生受驚了。鄙姓劉，名老備，這是我不成器的侄兒劉二邦。我代表二邦請您大人不記小人過。您打得好，教訓得對。說罷單腿跪下：您不原諒，我就不起來。孫子慌了手腳：劉先生快請起。老備謝過孫子，站起身面對衆人，再次彎下腰去，聲音哽咽：女士們先生們，孫先生是遠方來客，大城禮儀之邦，不能丟了傳統美德。若是孫先生無意中得罪了各位，我願承擔一切過錯，以本人開的十八家飯莊爲抵押，但請莫再爲難遠方客人。老備說完這番話，彎下去的腰身才直起來，臉上分明掛了兩行清淚。

孫子從小到大，還沒見過這麼可親的人，只覺得一肚子心裡話都想對他講，還未開口已是熱淚盈眶。老備忙握住他的手：孫先生，有話好好說。孫子調順了氣息：劉先生，我從小沒見過我爹，我媽說他在大城，我是來找他的。聞此言老備神色莊嚴，猛然間後退一步，深作一揖：孫先生請再受我一拜！如今世風日下，難得你有如此孝順之心。你放心，你的事就是我的事。我一定幫你搞掂。孫子眼中打轉的淚花終於滾落下來。老備見狀淸淚愈加飛揚。衆人見狀皆不勝唏噓。連躺著的劉二邦都被感動了，慚愧萬分，又想起昨日輸錢的傷心事，突然間悲從中來，嚎啕大哭。滿香樓的保鏢們一看大勢已去，領頭的過來對老備抱了抱拳：弟兄們聽信婦人言，險些壞了大城的聲譽。早聽說備爺的仁義之名，今日一見，果不其然。咱們心服口服。撤！

慢著！老備此言一出，衆保鏢謹愼地停下腳步，戒備地轉過身來。但見老備一臉赤誠謙卑：保鏢先生們，眼見天色已晚，就請去舍飯店用餐唱卡拉，如何？在場各位，今兒我作東，請大家賞個臉，熱鬧熱鬧，也爲孫先生壓驚。孫先生，可好？二邦，趕緊爬起來，待會兒陪孫先生喝杯酒，賠個不是。

一場恩怨和平解決，衆人發出了一片歡慶讚美聲。劉二邦的讚聲最響亮因爲最眞誠，正愁晚上吃什麼呢。孫子的讚聲最不響亮因爲最發自內心，感動得一直嗚咽，表情哭笑參半。林忠賢的則最爲持久。若不是一直笑著讚美著，他肯定會哭出來。天外有天。

老備的第十八號飯莊中西合璧，富麗堂皇。大廳前方一尊潔白如玉的維納斯，後面一排風塵僕僕的兵馬俑。四壁懸著一圈紅燈籠，中心吊著一盞義大利米蘭的水晶燈。北牆有鄭板橋的字，南牆有畢卡索的畫，東牆貼最新版香港十大美女，西牆掛廿世紀普立茲攝影佳作。安迪．沃荷若是復生，定會自愧不如，金盆洗手。

眾人紛紛落坐。老備讓孫子坐了首席。孫子一再推讓，耐不住老備一再堅持。服務小姐著大紅旗袍，個個如花似玉，身輕如蝶，端著菜盤飛來飛去。菜餚之豐盛，自不必說。單說酒就夠得上從前中美合談時的國宴級別，茅台、五糧液、人頭馬、軒尼詩，高矮胖瘦亮晶晶的瓶子，隨意置在桌上。孫子何曾見過這等繁華，目瞪口呆，不敢動筷。老備和藹地拍了拍他的肩：餓了吧，趁熱吃。又招呼大夥兒：吃完再聊。劉二邦第一個舉起了筷。在最不引人注目的一個角落，林忠賢也心事重重地抓起了筷子。

酒過三巡，已是滿地狼籍。老備挨個敬酒，「大哥」、「兄弟」的衷腸話滿天飛，大夥兒爽得東倒西歪，紛紛和老備掏心窩子拜把子稱兄道弟。孫子初次喝這麼多酒，眼睛也紅了，拉著老備的衣角：備哥，我交了你這樣的朋友，沒白來一趟。死了也值！老備溫言道：孫弟，你尋父的事，包在我身上。我建議，召開全城大會，大夥兒爲此事全力以赴！眾人哄然叫好。年紀輕一點的悄悄問年紀大的：聽說從前老開會，好玩兒嗎？年紀大的趁著酒興：好玩兒，好玩兒！只有坐在最末首的林忠賢嘴角凝著一抹冷笑。他也喝了不少酒，越喝臉色越蒼白，眼看著老備雙手執杯，低眉伏首來到跟前，無限恭敬地：先生是高人，老備是俗人，敢敬先生一杯！

林忠賢並不舉杯相迎，冷言道：豈敢，我還有事，先告辭了！

老備忙道：先生留步。今日之事，老備觀望已久，普城之下，只有你明明白白我的心。

林忠賢：哦，那你要召開大會，安的是什麼心呢？

老備朗聲道：我的心天可明鑒，全爲了孫弟。

林忠賢陰陰一笑，扭頭就走。只聽身後撲通一聲，老備一頭撞在一個兵馬俑上，摔倒在地，頭上磕了個大包。旁邊的人大驚：備哥，備爺！你何苦如此，有什麼事想不開的，兄弟們去擺平，雖萬死不辭！劉二邦哭天喊地：表叔，你可是我們的主心骨啊！離了你我們可怎麼辦？孫子急奔幾步，揪住一腳跨出門的林忠賢，拎小雞一樣拎了回來：你對備哥幹了什麼？

老備悠悠醒轉過來，看見孫子揪著林忠賢，差點兒又急得暈過去：孫弟！快快放開這位先生。孫子雖不願意，還是聽話地鬆開手。老備淒然道：孫弟，不是哥哥不想幫你，只是這位先生擔心得有理，人言可畏……衆位兄弟，開會一事，休得再提。好好喝酒吧！有人大怒：林忠賢，我就住你家樓上，我可知道你是什麼貨色！這麼多年，除了生病就是看書。備哥，別跟這廝一般見識！老備不禁長歎一聲：原來先生姓林，果然是知識分子。請兄弟們看在我的面子上，千萬別爲難林先生。林先生也是一番好意。先生走好！

林忠賢心裡也長歎一聲，遇到高人不服不行，就改變方針，一拱手：劉先生誤會了。適才我要走，不是疑心，而是傷心！衆人驚問：這從何說起？林忠賢娓娓道來：替孫兄尋父，召開全城大會，我雙手贊成。只是孫兄有劉先生做主了，誰來給我們大城人民做主呢？這麼多年，城裡但凡有爭執，從來沒有過主持正義之人。原先我想，偉人難得，或許大城注定群龍無首。現在見了劉先生，才知道何謂仁義，何謂大公無私，何謂高風亮節，何謂翩翩君子。我原以爲，召開大會，除了幫孫兄尋父，劉先生也可以大局爲重，主持一下大城的事務。沒想到劉先生一味推辭，豈不令人傷心！衆人紛紛點頭稱是：林先生說到我們心坎兒裡去了！林忠賢說的話孫子倒有一半聽不太懂，但看衆人臉色，知道是好話，也學著點頭稱是。

只有老備臉色蒼白，正色道：林先生此言差矣！我只想爲孫弟做一點力所能及之事。大城人民安居樂業多年，民主、自由已深入人心。大城不需要領頭人，「主持」、「作主」之話，我可擔待不起。我若有此心，如同此杯！說完，老備拿起一個酒杯摔下。沒想到杯子質地優良，竟然沒摔碎。老備臉上晃過一絲尷尬。林忠賢忙打過岔：大家先喝酒吧。此事須從長計議。

七．後庭花開

那天曲終人散之時，老備在第十八家飯莊門口，彎著腰送走了最後一批客人。腰彎了老半天，酸得都直不起來了，老備邊用手捶腰，邊緩步穿過廳堂，踱入後花園。此時夜涼如水，繁星閃爍，風像蜜一樣流淌，花香如霧氣般彌漫。這時黑暗中劃過一聲冷笑。

老備心中一寬：我就知道林先生必有話說。

林忠賢：老劉，此刻你知我知天知地知，你還要繞圈子嗎？我一無所有，自然惟恐天下不亂。你富甲一方，要什麼有什麼，你怎還不知足？

老備沉吟半晌，眼裡湧出了淚花：苦啊！人民不幸福，我焉能獨幸福！

林忠賢啞然失笑：我熟讀大城志，人民可從來沒今天這麼幸福過。

老備幽幽地歎道：你雖然資質頗佳，畢竟年輕，還不瞭解人民的心理。人民若是沒人管，煩得就沒邊兒了。人必須得有個身分，才好分出級別。有了上下級別，才能又管著人，又被人管，這樣心裡就塌實多了。爲了管更多的人，人才會有上進心，生活才會充實，社會才會進步，大城人民的無名火才有機可發。你要多看看心理學和社會學著作，摸索治人治城之道……我這一番苦心，蒼天可鑒。我已人到中年，將來，這接班人的位置……

經過後花園那一夜，林忠賢徹底拜服，回家刻苦攻讀了三天三夜，終於悟出了興城之道。之後林忠賢帶領孫子二邦等一干人，在老備家門前跪請了三天三夜，請老備主持全城大會，一爲幫孫子尋父，二爲整頓城風。老備哭哭啼啼了三天，萬般推辭不過，只得出面主持大局。其間林忠賢已用老備的銀子雇來了全城七百家武術館的教頭，負責會場的安定團結。

沒有一個人提到從前「不開會、無名分、無法無天」的約法三章。這是因爲年輕人沒有過去，而年紀不輕的人總是把過去給忘了。會議的結果人所共知。四十來歲的男人，有一半手臂上都刺了「酷」字，有三分之一都說認識孫娘。因爲沒有身分證制度，孫子不可能找到父親。孫子便認了老備作乾爹。老備發表重要講話，「論身分」。結果人人從林忠賢手中領取了身分證。林忠賢接著發表次要講話，「關於整風」。結果大城制訂了法律，禁賭、嫖、槍支，實行一夫一妻制。然後，在武術教頭的監督下，全城人民選舉了城總統劉老備和城總理林忠賢。大城人民一看有了替自己作主的領導班子，皆感到一種久違的快感。

賭、嫖成了違法行爲後，人民的賭興嫖興提高了百倍。買賣槍支的犯罪行爲更是屢禁不止。一部分人在生龍活虎地搞婚外戀。當然，關鍵看主流。主流是，現在每個人都是跑著去廁所，生怕浪費時間。因爲每個人都有了理想，都豪情壯志地往上爬，包括從前不思進取的劉二邦，如今也當上了公安局長。孫子和他早成了鐵哥們兒，職務是軍委主席，兼總統的私人保鏢和乾兒子。無論工作多麼繁忙，每到周末，孫子都會去陪乾爹玩麻將。總統府的麻將桌上，林忠賢比從前更瘦了，老備則一發不可收地發了福。對此，林忠賢時常苦諫：備老，要多游泳啊。您的健康，我們全城人民的幸福。

八．蛇尾／若干年後

這一年有一天，孫子和往常一樣，正兢兢業業按老備的指導方針工作，無意間一抬頭，透過辦公室寬敞明亮的落地玻璃，看到外面忙忙碌碌的人群，正以極快的速度奔走四方。而辦公室內，乾爹送的一尊兵馬俑，正一動不動。孫子心中浮起了一種模糊的情感，發了一個時辰的呆，然後偷偷出去牽了一匹馬。

孫子日夜兼程，騎著馬跑回從前居住的深山老林。漫山遍野，不再有一行人跡，一縷炊煙，安靜得像一匹絲綢。恍惚之中，遠方隱隱飄來一陣歌聲：太陽下山哦喂，哥哥和我玩哪……孫子縱馬急奔向歌聲的源頭，只見山峰之顚，李巧兒穿著紅襖騎在毛驢上。孫子大喜道：巧兒妹妹！那女孩嘻嘻一笑：大膽老流氓！敢叫我姥姥的閨名！說罷騎驢遠去。

老備聽說孫子擅離職守不知去向後，決意大義滅親，撕掉了孫子的身分證，扔進了抽水馬桶。孫子騎著馬跑回大城時，守城的人只說了三個字：老頭，滾。沒有身分證和介紹信，大城的心扉不對任何人敞開。

城門外，古道邊，孫子又累又餓，舉目無親，面朝遠方山野，只有夕陽歪在空蕩蕩的天空上。這時，被城市文化薰陶已久的老孫子，像文人一般詠道，人生如夢，似水流年，我想媽媽了。

二〇〇〇年一月

十三不靠

1

我還年輕的時候有一個願望，寫一本關於人民的書。我說我還年輕的時候並不意味著我已經不年輕了。正因爲我正年輕著，所以明天就會老去，所以有些著急。

我的職業是報社記者。表面上看，這給尋找素材提供了許多方便。但實際上誰都知道，沒有人對記者說眞話，說的都是好話或者壞話。後來我又發現也沒有什麼眞話假話。話一說出來，一般都是廢話。當然，這是後話了。現在我正年輕著，懂的還不多，正喜歡聽話和說話。

牛是我的哥兒們。除了吃飯睡覺，牛只做三件事，做音樂，找姑娘，和我聊天。後兩件事有時是同一件事，因爲我也是姑娘。當然，他不這麼想。既然他不這麼想，我們就成了哥兒們。對此我很滿意。我眞心覺得，妻子如衣服。這時，我已聽到了女權主義者和新女性主義者的憤怒和蔑視。其實我更覺得丈夫如襪子。我的意思是，做夫妻易，做情人難，做朋友更難。雖然我從小看的是紅樓而不是三國水滸。誰同意我的想法可以給我打電話交個朋友。電話是：五二一二一二一五。這招兒是跟湖南衛視《玫瑰之約》學的。近來為了寫關於人民的書，我常常打開電視。

2

我二十多歲的時候經常自以為是。雖然我身邊有不少知識分子前衛另類新人類，我還是堅持認為，應該去問問流行歌手。既然他們受到人民的寵愛，他們不會一點不知道，人民喜歡什麼。對我來說，這是瞭解人民的前提，就像要瞭解一個人一樣。

身為記者，我很快找到當前最火爆的歌星緋的電話。電話打過去是緋的經紀人接的，說緋去災區慰問演出去了，若需要，他可以提供最新內幕緋聞。我放下電話就詢問同行。果然，同行們證實說緋已經不行了，現在就靠緋聞撐撐門面。

在緋的流行事業如日中天的時候，也就是說，昨天，我和牛還為她爭吵了一番。起因是我說：緋的音樂可能還行，連文化泰斗×××都這麼說。還有咱們認識的××，博士論文就打算寫她，題目都有了：另類的流行或曰流行的另類，副標題叫：緋現象學初探。

牛萬分鄙夷：小女人。人云亦云。

我怎肯背負惡名：你也挺喜歡×××和××嘛。要是別的文化名人說的，我怎會聽。

牛是堅定的反流行文化者。在我看來這和女權主義者一樣，都是戰爭年代容易上當的料。西方有哲人云，戰爭是感情的衝動，而不是理智的行動。可惜牛牛們活在了一個和平時代。

牛說：那不能叫音樂，只能叫唱歌。

我問：你倒底聽過她的歌沒有？

牛斬釘截鐵：當然沒有！你呢？

我也當然沒有。牛說：盜版是中國第五大發明。然後我們就一起上街去找一張盜版CD。沒想到盜版流行速度比正版快得多。店小二們紛紛向我們推薦新人：蜜比緋酷多了。「熱死人」是這星期最火的樂隊！「玩兒」是今天賣得最好的新新人類組合！只要緋的？緋的早賣完了，不進貨了。誰是現在最流行的歌星？緋啊！最流行的就是馬上過時的，這都不懂！

我們很猶豫。有兩個辦法可以聽到緋，一是買正版，二是去收藏緋專輯的××博士家。第一個辦法被牛堅決地否定。第二個我擔心會引起爭吵和不愉快。權衡半天，耐不住好奇心重，還是去了博士家。

3

博士得知我們的來意後很激動，居然煮上了眞正的義大利咖啡，(上次可是速溶的)，然後動用了室內所有的照明工具，即六盞燈和三根蠟，營造了類似咖啡廳的氣氛。博士留過洋，至今當著人面，總維持著洋品味。

博士是研究現象學的，在沒有大學文憑的牛面前，不得不時常流露出博學的優雅。博士和我熟一些，可也只是熟到速溶咖啡的程度。今天因了緋的緣故，我們比平日親近了許多。雖然對於我和牛，緋到目前爲止，還只是一個名字，而對於博士，已成了一門學科。對此，博士一臉的寬容和理解：亡羊補牢，爲時未晚。

布置好音樂空間後，博士點燃一根煙，曖昧地對我們眨了眨眼睛，有點像米老鼠1對合謀已久的米老鼠2和米老鼠3說，演出開始了。然後博士將他纖細蒼白的手指按在PLAY鍵上。

演出結束後，米老鼠2和米老鼠3面面相覷。米老鼠1則完全沉浸在演出氣氛中。他的眼半睜半閉，嘴角飛揚地蠕動著歌詞，時不時衝2和3拋來一個曖昧的眼神：怎麼樣，演出不錯吧？

4

那天博士從音樂中醒過來後（這就像醒酒，需要時間），我和牛都很尷尬。尤其是我，既勢利又虛榮又世故，如果牛不在，肯定要附和博士兩聲，起碼要說些模稜兩可的話。可當著牛的面，我說不出來。後來我想，牛也一樣，若我不在，他不知會說出什麼不要臉的花言巧語。但現在我們相互制約，又因爲牛不打算再見博士的面，所以邊喝人家的咖啡邊坦言：說實在的，太沒感覺了。

博士得意地：對呀，就是沒感覺！聽出來了吧！

牛很沒文化地問了一句：你，不喜歡，有感覺的音樂？（語氣傻得跟日本人似的。）

博士同情地看著牛：兄弟，有感覺的東西太多了，感覺庸俗化將是本世紀的一大特徵。緋的前衛精神在於，上世紀末，她就明白了這點，並探索一種完全沒有感覺的音樂，沒有壞感覺，也沒有好感覺，怎麼聽都沒感覺，怎麼想都沒意思。啊，緋，通俗歌后，前衛女神！

博士覺得我們孺子可教後，又給我們端出了配咖啡的精緻甜點。

5

一個月後，我面對緋，在下午的一家茶館。陽光明媚，緋的猩紅色珠光眼影閃閃發光。自從得知她是最流行所以馬上要過時的歌星後，我心懷善意，有一種面對遲暮美人的心情。在問了一系列有關緋聞的問題後，我開始爲自己工作。

緋歌后，你覺得爲什麼大家，我的意思是人民，會喜歡你？

人民啊！記得有位詩人說過，人民喜歡什麼，就給他們什麼。就是這樣子的啦。

那人民喜歡什麼呢？

你給他們什麼，他們就喜歡什麼。就是這樣子的啦。

看來，緋被尊爲歌后，不是一點道理都沒有。

6

老幹：首先，對藝術家而言，社會階層分爲藝術家和大衆。人民這個詞，你就別再用了。我想安迪・沃荷也是這麼想的。

我：其次呢？

其次是兩者之間的關係，老幹的臉色忽然凝重起來，湊到我身邊，語重心長地說，大衆需要啓蒙啊。

說完，老幹用荷蘭煙草捲了一根煙，滿屋子立刻彌漫了黛紫色的遠方的香味。

老幹今年三十三歲，頭髮是自然捲，長得像一隻鷹，也就是說，頗爲英俊。這爲他的藝術生涯提供了不少方便。圈子裡的人都知道，國外不少文化慈善機構雇用的都是女人。老幹三十歲的時候做了一個行爲，名爲「幹不幹」，持續了一年時間。三十一歲又做了一個，名爲「愛幹不幹」。此後老幹就幹出了名。幹出名以後幹得就少了，所以現在應該叫中幹。

中幹除了喜歡用身體無聲地表達幹的思想，還有在喧嘩的有聲世界插上一嘴的欲望。我一言不發。他人的沉默對中幹來說一貫等於贊同。他就是這樣理解事物的，於是在黛紫色的煙草香味中大放厥詞，談論爲什麼要啓蒙的問題。至於如何啓蒙，他什麼都沒說。

7

離開中幹，我滿懷對牛訴說的急切欲望，打了一輛出租車。我和牛之所以能結爲同盟是因爲在某些方面我們能保持堅定的一致。比如厭煩那些口口聲聲要啓蒙別人的人。

時值嚴冬，出租車裡的空氣堅硬而冰涼。司機是個四十來歲的壯漢，大聲喘著粗氣。我先用職業女性的語調溫文爾雅地問：師傅，能開一下空調嗎？沒有回答。一分鐘後，我用北京女孩的語調大大咧咧地說：師傅，開空調吧！

壯漢喘著氣。壯漢還是沒有回答。我那時覺得他冷冷地扭頭瞟了我一眼。但我現在已不能肯定。我後來聯想起很多，比如《巴頓．芬克》裡的大胖子。巴頓可憐巴巴地想，我沒招你啊！你殺別人好了，幹嘛殺我懷中的女人，還把腦袋放在我這兒！大胖子喘著粗氣，含著淚水，悲傷地、動情地、無限想不通地：你他媽來到我家，你居然不滿意，你居然嫌我的笑聲吵了你！噢！FUCK！

出租司機喘著氣，頭上彷彿也冒著水蒸氣。但這恐怕是我的想像。我唯一可以確定的是，他絕非耳背。他不過在重複北京人裝孫子的老伎倆。寒冷已經穿透我的大衣毛衣內衣，直至皮膚與內臟。我用小女子受了委屈後微弱的口氣嚷道：開一下空調吧。這次有了反應。他或者輕蔑或者凶狠地哼了一聲，也不知是贊成還是反對。我在做思想鬥爭，爭吵、忍耐，還是換輛車。正在我決定爭吵的時候他出奇不意地伸手擰開空調鈕。我沒說話。車開得四平八穩。半晌，他扭頭看著窗外，大聲自言自語道：眞他媽熱！

車遇到了紅燈。綠燈每閃一下，前面的車們就往前蹭一蹭。一輛狡猾的出租車乘機成功地從側面加塞到我們車前。他破口大罵：我操你媽！我當然以爲他在借刀罵人。可一堵車司機總是和乘客自動結爲統一戰線，我斷不能問他你他媽罵誰呢。

車停下來的時候，本來我的火氣隨著時間流逝已經平緩多了。何況完全可以這麼想：我離開中幹，打了輛車去找牛，想和牛一起罵罵中幹，現在車到了。除此之外，什麼事也沒發生。我付錢，下車，在關車門的同時，司機誇張地快速踩動油門。車張牙舞爪地遠去。這說明他完全意識到我們之間的敵對情緒，並且不放過任何可行的報復機會。

8

我：（悲憤地）大衆需要啓蒙！

牛：（一臉壞笑地）去他媽的啓蒙！（天眞地）咦，你怎麼啦？

我：（義憤塡膺地）剛才……是這樣……是這樣……你知道了吧。

牛：（不屑一顧地）你打著車對人家指手畫腳，人家沒準兒今天剛死了爹，天寒地凍還得出門掙錢，看見你這種二十多歲的姑娘就生氣。

我：（眞誠地）他死了爹是他的事兒。我是乘客，他在爲我服務。

牛：（團支部書記地）你已經是資產階級的腔調啦。

我：（知識分子地）你說的那些理解萬歲，劉心武早就寫過啦。

牛：（民間地）我不跟你爭。你別老找什麼歌星博士藝術家討論人民。他們都不是人民。

我：（冷冷地）那誰是？

牛：（一臉正氣地）你、我，出租司機。人民在民間。

我：（更加冷冷地）說得輕巧！歌星博士藝術家，不是人民難道是統治者嗎？

9

某領導：我們是公僕，人民就是主人嘛。

某士兵：人民就是我們的爹媽呀。我們是人民的子弟兵。

某商場經理：「人民」是什麼？買東西的？那叫顧客。顧客就是上帝。

某攤販：您買捆菠菜我就跟您直說。

某飯館掌勺的：來這兒吃飯的。

某詩人：我要拯救……他們……

母親：你問什麼呢？這麼大了還瘋瘋癲癲的。

某新新人類：這詞兒過時了。現在都說網民。

某播音員：就是聽衆朋友。

某龐克：除我之外的傻×。

某出租司機：小姐您拿我開涮吧？

某玩電子遊戲的少年：沒聽說過這詞兒。日本新出的盤嗎？

某生物學家：直立行走的高級動物群。

某語言學家：形成語言體系的高級動物群。

某勞動部長：愛勞動的人。

某在押犯：鐵窗外的人。

某幼稚園兒童：老師說我們長大後要變成的人。

辭海「人民」條：在不同的國家和各個不同的歷史時期，有著不同的內容。

辭海「民」條：1，人民。如：擁政愛民。2，古代泛指被統治的庶人。3，泛指人或人類。

辭海「人」條：空缺。

10

如果以上文字將會被你們讀，你們會奇怪我爲什麼關心「人民」這樣的字眼。身爲女子最好寫些都市言情故事。若寫得纏綿可能會暢銷，若寫得露骨更有機會出名。什麼？露骨是什麼？噢，就是性啊，髒啊，罵人話啊，明白了吧，你們肯定也看了不少。挺前衛的？哦，原來你們是這樣想的，那我就閉上嘴巴。

爲了寫人民的故事，我不惜將自己設想爲一名記者，不惜花掉應該用來寫性愛小說的時間。現在我要反思一下。

把自己設想成記者後，我採訪了各行各業的人。我聽到的答案越多，越懷疑自己的問題。假如我指著一朵花問：這是什麼？大多數人說：花。少數人說：玫瑰。不排除個別人堅持說：水仙。假如我指著一個人問：這是什麼。回答有：人。一個人。一個男人。老趙。我二叔。昨晚和我上床的。大學畢業生。藝術家。傻逼。我的偶像。東街賣豬肉的。

我抬抬手指著滿大街的人，提問：這是什麼？

回答：「這是什麼」的「這」是什麼？

11

眞實的情況可能是這樣的。你的生命大體上一帆風順，吃過一點點苦，正好成爲喝咖啡的談資。你的童年和少年時代和所有正常人一樣，不得不在學校裡度過。你認爲所有正常人都應該和你一樣，痛恨學校。你認爲只有你天性敏感，設想過自殺。你平凡之極，終於唯唯諾諾長大成人。對有些曾經的班幹部三好學生長大就是一場惡夢，對你則是一場狂歡。你企圖告別循規蹈矩。

你運氣好，沒有衣食之憂。你喜歡抽煙喝酒，與人爭論。你左右逢源，認識不少中外友人。你於是像瑞士有錢人家的太太，需要找一條病狗抒發同情。你又讀過一些書，以爲自己的志向更高潔。不可否認，比起很多人來，你還算不上一個小人。你只是像衆多的好人一樣，從不肯承認自己和他人的卑劣。那是好人們共同的卑劣：希望給自己的存活找一個體面的動機，爲此世上必須存在一些高尚的概念。

你迷上了電影。你頂著四十度的高溫去拍民工修路。你穿著名牌T恤超短裙拿一架SONY攝像機。你和來自河南河北的少年民工聊天。你給他們買水買煙。太陽很烈，但你已抹了蘭蔻防晒油。塵土飛揚，但你每次拍完回家可以盡情地洗個澡。你拍了十幾個小時的素材，但沒錢做剪輯。你都被自己感動了。

12

真實的情況是這樣的。我或許是名記者，有一個叫牛的朋友，或許是個拍紀錄片的女孩，去哪兒都煩死人地舉著攝像機，或許是某酒吧老闆的情人，天天在酒吧喝酒，和許多西方人其傻無比地談人性。簡而言之我滿口人民大衆，宣稱要寫一本與之有關的書。

這時候正是冬天。路面堆著髒雪，空中飄著新雪。下午的天空像一塊濕抹布。我一個人在家，在這樣的天氣只能挑燈看書，拉緊窗簾。我讀到一個從前的故事。

那個下午驚天動地。那個下午之後，京城又多了一名立志寫性愛小說的女人，少了一名記者，少了一位紀錄片女郎，少了一個酒吧情人。這個女人現在只迷戀世俗生活，也就是說，常常可以見到她在飯館吃飯喝酒。席間若有人高聲談起人民大衆這樣的字眼，她就會在一旁溫和地一笑，再喝上一杯。

13

明末清初的一個豔陽天，袁崇煥被押赴法場。京城大街小巷擠滿了咬牙切齒拍手稱快的人們。咒罵聲，歡呼聲，磨牙聲，眼睛紅得要滴出血。等待。終於有了罪魁禍首。

袁崇煥隨著囚車緩緩前移。長髮和著灰塵與血水披散在臉上，遮在眼前。透過髮絲他看見四周密密麻麻的人。這麼多人！他一陣暈眩。他想起那一次，他率領官兵浴血守城。看到情勢危急，城裡的百姓開始了咒罵：袁崇煥！你這挨千刀的賣國賊！不得好死！斷子絕孫！幾天幾夜過去了，城保住了，百姓們來到大街上，烏壓壓跪倒一片，哭到：袁老爺啊！我們的救命恩人！

他文武雙全，冰雪聰明。他經歷過這樣的事，怎會不明白自己的下場。在他慷慨領命抗清的那一天，他就知道，無論輸贏，他將死無葬身之地。皇帝不會容他，百官不會放過他，前車之鑒實在太多了。百姓呢？爲什麼百姓聽信的，永遠是謠言？爲什麼說服一個人要用盡一生，說服一群人只需要一句謊言？

囚車緩緩前移。人們已經等不及了。快點啊，宰了這個叛賊。我們此生所受的一切罪，一切痛苦，都是因了他。大家都這麼說。快點啊，快點見血。

袁崇煥被綁上刑場。劊子手在磨刀。刀必須磨得鋒利無比，因爲是凌遲，要割一千次。刀光在冷靜地閃，衆人卻再也等不下去，撲上去搶著咬他的肉。在被咬第一口時，袁崇煥感到一陣尖銳的痛楚。他看到那是一名憤怒的老婦人，張著發黃的牙齒。第二塊肉被一名十幾歲的少年飛快地咬下。

他誓死保衛的百姓肯定是聽信了謠言，他知道。他沒有憤怒，沒有悲哀，他只是有一點迷茫。

劊子手攔住了群情激昂的人們。以爲可以白咬嗎？先交錢。交錢？這有何難？我們生下來就是爲了交數不清的苛捐雜稅！交錢買肉，値得很啊！即使窮得沒褲子穿，也要洩我們心頭之恨！欽定的壞人啊，我們一生備受欺凌，我們只有吃你的肉來報仇雪恨！

劊子手很專業，按照規章，仔細地一片片地割。身體痛過一次之後就不會再痛了，他早已體無完膚。

他在衆人切齒的叫罵聲中聽出了淸脆與甜美，他只是有一點迷茫。但很快耳朵沒有了。他看見大呼小叫的嘴形在動。

衆百姓紛紛掏錢，一錢銀子買一片肉，買到後就咬上一口，臉上露出多年來不曾有過的歡欣。劊子手技術嫺熟，很快，袁崇煥看見了自己的內臟。心掉了出來，被十幾張嘴撕成碎片。

這個時候，沒有心的袁崇煥忽然徹底清醒了。這個時候，他身體的九百九十九塊在空中飄揚，他自己只剩下睜裂的眼睛，望著面前蠢動的人潮人海。

二〇〇〇年三月

偷情

一

1

我在偷情。我已經偷情五個月了。從早春二月開始，到現在的夏至，每周兩次，通常是周二晚上和周五下午。有過兩次意外。一次是在周一晚上，還有一次周五未遂。一月四周，四五二十；一周兩次，二十乘以二再減去一。總共偷了三十九次。這種算法比較粗糙，也不是很公道。偷一次並不等於做一次，做才是實質性的有效的偷。做的次數我沒有精確統計過，三十九次偷中大概發生了四十幾次做。這時，我結婚剛好半年。

趙小軍，男，原籍不詳，三十二、三歲，中等身材，相貌一般，平頭，無體臭，穿耐克運動鞋，喜灰色、藍色等深色毛衣，用資生堂出品的洗髮香波和浴液，薄荷味兒高露潔牙膏，在某飯店某套公寓式的辦公室裡辦公。

他用義大利咖啡壺煮哥倫比亞咖啡，放兩塊方糖。他不看書，買政治經濟文化類的雜誌報紙。他的電視一直開著，只有圖像沒有聲音。他抽紅萬寶路，喝威士忌等烈酒，感冒時像歐洲老年紳士一樣，用疊得齊整的方手帕擤鼻涕。

CD機裡放著一些怪音樂，彌撒味的女高音合唱。兩個房間。外間大些，兩張辦公桌，一張靠窗另一張靠牆。靠牆的那張空著，靠窗的那張擺置著一台舊型號的電腦和碩大的傳真機。兩個單人沙發，沙發布是淺褐色的，印著米色花紋。窗簾用的是同一種布。裡間小些，順著牆圍著一圈沙發，長的、帶拐角的那種。地毯的質量不錯，密實而柔軟。衛生間符合三星飯店的標準，明亮的大鏡子經常被彌漫開來的水汽罩得白茫茫的。馬桶沖水狀況良好。手紙潔白細膩，有印花。

每次我眨著忽閃的眼睛問上幾個問題。這家公司到底是做什麼的？那邊的情形不對麼？爲什麼那張桌子空著？他耐心細緻地一一作答。每次我點點頭說懂了。一家美國公司……市場調查有誤……駐京辦事處……沒什麼事兒幹……原來有個女祕書……全部撤走又不甘心……留守經理……伺機行事……像《地下社會》。」「什麼？」「沒什麼。」我淺淺一笑。我們倆的對話就像牛和魚在聊天，不緊不慢，不溫不火。忙嗎，最近。忙，你呢，你怎麼樣。還行吧。咖啡？好。幾塊糖？不要糖。你該加糖，你該胖一點。咖啡喝到四分之三處，一般我們就開始做了。

趙小軍是我婚姻生活的穩定劑，就像一袋餅乾得配一袋乾燥劑。要是沒有這些成分不明的化學顆粒，餅乾們就要黏在一起發霉變質。這是個簡單的道理，可惜我剛剛明白，浪費了從前的許多時光。在婚姻生活之前我過的是同居生活，那可真是一段混亂不堪的日子。幸虧半年前馮城和我有所領悟，我們終於結了婚。之後，很快，趙小軍及時地出現了。

每到周二周五，趙小軍都會打來一個電話。我是趙小軍。哎，你好。你怎麼樣？挺好的，你呢？我挺好，有空嗎？來我這兒坐坐？好。然後我去他的住處。然後我們面對面坐在沙發上。

我們各喝一杯滴滴香濃的咖啡，各自點上一根煙。我們斯文地聊兩句，一根煙抽完了，他坐到我坐在沙發上的我的腿上，有時咕噥著說聲我想你，有時什麼都不說。我們經常就在外間的地毯上幹了，偶爾他抱我到裡屋的長沙發上。沙發前方，一條瘦長的玻璃茶几的左上角一直零散地攤著十幾張結婚宴的照片。十幾分鐘或半個小時以後，他說你先去洗？我就去洗。我洗的時候，他開始打電話辦公。我裹著浴巾出來，經過他的身邊去穿衣服。他有時伸手摸一摸我路過的身體，有時專心地打電話。我等他進浴室後開始穿衣服。最後，我衣冠楚楚地繼續喝剩下的四分之一咖啡，他裹著浴巾出來，給我們倆都點根煙。我說，給我講點好玩兒的事兒吧。他說，眞想去外地。你陪我去麼？抽完煙一般我就走了。他送我到門口。他說他眞想多點時間，「下次我們好好聊聊。路上小心。」

我走之後，地毯平整，音樂時斷時續。衛生間的鏡子上流淌著幾道水痕，在慢慢消散。等我坐著的車快開到我家附近時，鏡子上的水珠已蒸發乾淨。

2

同居時代我沉迷在與他人的周旋之中。主要人物有周明、小羅、奧利維爾和綠綠。周明是我的舊情人，小羅和奧利維爾是去年新認識的，綠綠是一個狀態和我差不多在京城蕩著的女孩。周明是江蘇人，小羅是四川人。江蘇和四川分別是我的籍貫和出生地，是我從沒回去過的老家。奧利維爾是法國人，巴黎是我曾居住過的異鄉。綠綠是個在女人當道的時代順應而生的女性主義者。這一切即便在今天想來，仍然是那麼地般配、舒服，具有觀賞價值。我們之間有著柏拉圖式的精神關係。接吻、擁抱、撫摸，我們重複這些擦邊的肉體動作，但沒有深入，也就是沒有進入。

我沒有偷情，在我結婚以前。

同居時代馮城與我的作息時間是這樣的，他每天八點半離開家去上班，中午我們通個電話，晚上六、七點鐘他回來，我們一起去吃飯，偶爾在家吃方便食品。我每天十點鐘起床，沖一壺濃茶，點一根煙，聽一會兒窗外的車水馬龍。我應該寫字，這是我唯一的正經事。我拉上窗簾，打開電腦，先上網。奧利維爾每天給我發一封信，我們之間有七小時的時差。在每個陽光明媚空氣冰涼的北京的冬天的上午，我回封信聊一聊心情、景致和家常，他在陰雲密布空氣同樣冰涼的巴黎的冬天的傍晚時分，乘四號地鐵線下班回家後，開一瓶 Evian 礦泉水，打開電腦，點一根煙，神態莊嚴而疲憊。在我和馮城結婚之前，我和奧利維爾的書信往來曾經堅如磐石。他向我描繪每天遇到的有趣的人，講述周末看的一場電影，介紹明天要去的聚會。又吃了一頓中國飯，他常常這樣寫。我要先收一番甜言蜜語再發一番甜言蜜語，才能開始寫東西。我們談得越來越嚴肅，彼此的稱呼已親得不能再親。我小巧的愛人，我的心，他寫道，我正尋找一個跟中國有商業往來的公司，我想待在你的身邊，天天看著你在我面前輕盈地走動，我迫不及待。我也是，北京的風很大，我寫道，我很瘦，你知道麼？你牽著我我就不會被風吹跑了。

然後我安心吃我的午餐，免費的午餐。我不會做飯，馮城往冰箱裡塞滿速凍食品。下午是我的黃金時間，專心寫我第二天要扔掉一半的文字。四、五點鐘了，我經常在此時打出、或接到周明的電話。這會兒街上依然車水馬龍的，好像一天的時間還沒怎麼過，就過得差不多了。

周明在一家網路公司做一個藝術監製之類的小頭目。他在每天下班前那一段慵懶時光裡，習慣透過十三層樓的大玻璃窗，望著外面堵車的風景，撥響我的號碼。陽光一點點地刺到他眼睛裡去，我聽見他瞇著眼，輕輕地「喂——」。我同樣輕輕地「喂。」「今天過得好不好？」「不好嘛。」「爲什麼？」「不高興。」過一會兒我的螢幕保護程式開始運轉了，我的周圍也暗下來。

五顏六色的三維管道在我眼前扭來扭去，跳躍著微弱的螢光。周明的腿伸直了擱在窗台上，身子快陷進柔軟的皮椅，眼神游移不定，飄向遠處掛滿招牌的高樓和正在運轉的吊車。「想不想晚上喝一杯？」「不知道。」「哎，我昨天買了張碟——」我房間的顏色模糊成水墨畫，電腦吱吱地響，我的聲音低不可聞。周明眼前的玻璃漸漸映出他自己。從街上仰頭望去，這個男人坐在燈火通明的高空，翹著雙腿，手握一支電話聽筒。

有時候我們還沒結束通話，就傳來了鑰匙開門的窸窸窣窣的聲音。我便說：掛了。我的語速慢而溫柔，我維持同樣的表情，等他說：「好，掛了啊。」馮城已經進屋了。我熱情地迎過去擁抱他滿身的風塵。「今天過得好嗎？」我問。「挺累的。」他吻吻我的嘴。我忽然就有了衝動，使勁吮吸著他的舌頭，我的手指深深插進他濃密的黑髮。我們互相搓揉著，又抓又咬。他抱我到床上。他要褪去的衣物很繁瑣，領帶襯衫皮鞋襪子。他最後只剩下一塊錶，冰冷的金屬外殼，時常蹭著我的皮膚。

燈光被我、或被他擰亮了，傍晚剛剛過去，比傍晚更無辜的夜已經來了。我坐回電腦桌旁，螢幕下方的時鐘是九點。身後有他輕輕翻動報紙的聲響。我的脊背僵硬地挺直著，我陷入一個無處可走的境地。網上有各式各樣的新聞，我一條條地點擊。

哎，×××上訴××，告他侵權。十點的時候，我說。

啊？哦，我看了，報上也有。

十點半，我的手機響了。

「出來吧！」電話裡小羅恆定的第一句話。

哎，好，好，在哪兒？

快點啊。小羅的聲音像兄弟一樣親切。

我告訴馮城我要去談一個劇本。他報以坦然的一笑，提醒我多穿點外面風很大。他坐起身，陪我走到門邊，耐心地等我換好鞋子。我們溫柔地在門口擁吻。我在黑暗中按亮電梯的紅燈，門開了，我盯著那個專心打毛衣的頭皮屑旺盛的開電梯的婦女。我出了樓門，於瑟瑟寒風中穿過清冷的街道，站一兩分鐘，等來一輛空車。我上了車坐在後排，說出一個地名，把窗戶搖下來，掏出一根煙點上，深深地吸了一口，再緩緩地吐出來。在我終於吐出這口煙霧的時候，我的表情和雙肩才放鬆下來。我大口地吸著窗外的寒氣。

「咱倆一定要拍部電影！操，然後死都行……」小羅二十歲出頭，臉上還有兩顆最後的青春痘，手腳永遠在動盪中，停不下來。「你快出來吧，我給你介紹一個大哥，挺有戲的這回……」小羅經常像一個皮條客，這都是電影惹的禍。他帶著一群嗷嗷待哺的性感女孩，穿梭於各路大哥的飯桌，在酒過三巡後峰迴路轉地眉飛色舞，談起他那驚天動地的劇本構思。

我不清楚小羅是怎麼一步步建立他的關係網的。我認識他的時候他已經成了這模樣，相熟於衆多與影視沾邊的有錢人，手上一把想上戲的準小明星。作爲一名沒錢沒背景沒專業文憑的外省青年，在影視圈混成這樣也算不易了。「我就是一傻×。我知道你瞧不起我。」哪能呢，小羅，你眞是高估我了。

我眞是不理解小羅對我的抬舉。我對這個城市唯一的貢獻就是不亂扔垃圾和消費大量煙酒及衛生紙巾。小羅不厭其煩對著慈祥可親的大哥們說：「她是我最佩服的女孩，眞的，特有感覺……」小羅沒看過我寫的一個字。我從來沒在白天見過小羅。他夜夜在燈紅酒綠中依戀我需要我，拉著我和他一起被嫖。我一副不爲五斗米折腰的樣子，對大哥們談笑風生暢所欲言，絕無奴顏媚骨。「眞有性格。」小羅和大哥們如是說。

小羅帶我去過不少風格迥異的地方。大哥們各有各的品味，有的喜歡富麗堂皇，有的偏愛曲徑通幽，有的比較西化，有的民族特色，有的頹唐，有的無恥，有的農民，有的紳士。女演員們也如走馬燈，一次換一批。只有我和小羅不變。我是他聰明與笨的見證，我熟悉他的諂媚與酒後眞言。他不只一次拉著外地大哥們去京城的聲色場所，把一粒藥丸咬成兩半，塞一半給我，低聲說：「今晚我們做愛吧。」「好。」我摸摸他的頭髮，沒有接那半顆。「片名就叫 MADE IN SEX……」他把兩半兒都放進嘴裡，跟著音樂搖晃起來。他很快面目混濁，蕩漾著一種極端的快樂。

我總是在烏煙瘴氣的聲色場所，在震耳欲聾的音箱旁邊，回憶我的過去與現在。我無限依戀周圍這些素不相識的跳舞的人們。每次離開我都感覺又一次被群體的夜拋棄了。告別小羅，此刻他已魂飛天外。我滿身酒氣和風塵氣地回到家，掙扎著打開電腦。這時我渴望看到奧利維爾溫柔的留言。我知道馮城在隔壁臥室裡，蜷起身子，閉上眼睛，聆聽我的腳步邁向電腦。須臾的靜寂，之後上網聲滴噠滴噠地響起，冷淡、機械，又溫情。隔著一道門，他和我一起漠然地等，等待滴噠聲的結束。我們不由自主。

綠綠。畫家，江南女子，膚色白晰，笑容甜美，愛說髒話，名聲不佳，穿皮夾克配大花褲子，一舉一動頗做作。想來我的舉手投足亦是如此。我們倆在觥籌交錯機鋒崢嶸燈紅酒綠的場合頻頻擦肩而過，誰也不主動說話，不正眼瞧對方。有那麼一次，她端著酒杯跟一群德國人笑得前仰後合，我眯起眼叼著煙正與一美國男子無限曖昧，我們的目光依然忍不住游離別處，散亂地在嘈雜聲中交遇了。在那一刻我們心驚肉跳。一個初冬的傍晚，她突然打來電話。在去她家的漫長路上，我看見一個巨大的落日，沒有光，只安靜地紅著，在高樓大廈和雲彩間出沒。我直楞楞地盯著它，眼睛沒有疼。

她的家在三環以外的一片郊區農舍。每根樹枝都光禿禿地伸向暗下來的天空。院子裡一位大媽正嘩啦嘩啦地洗著鍋碗瓢盆，不時大聲地咳嗽清嗓子，呸呸地往水池裡吐痰。靠裡的一間小屋中，綠綠隔著窗戶玻璃向我招手，像個剪窗花穿紅襖的小姑娘。小桌子上擺著一碟腸，一

105

台北市南京東路四段25號11樓

大塊文化出版股份有限公司 收

姓名：

地址：

市／縣　鄉／鎮／市／區　路／街　段　巷　弄　號　樓

（請寫郵遞區號）

from vision to fiction

大塊文化 LOCUS

謝謝您購買這本書！

如果您願意，請您詳細填寫本卡各欄，寄回大塊文化（免附回郵）即可不定期收到大塊NEWS的最新出版資訊及優惠專案。

姓名：＿＿＿＿＿＿　身分證字號：＿＿＿＿＿＿　性別：□男　□女

出生日期：＿＿＿年＿＿＿月＿＿＿日　聯絡電話：＿＿＿＿＿＿

住址：＿＿＿＿＿＿＿＿＿＿＿＿＿＿＿＿＿＿＿＿

E-mail：＿＿＿＿＿＿＿＿＿＿＿＿＿＿＿＿＿＿＿＿

學歷：1.□高中及高中以下　2.□專科與大學　3.□研究所以上

職業：1.□學生　2.□資訊業　3.□工　4.□商　5.□服務業　6.□軍警公教　7.□自由業及專業　8.□其他

您所購買的書名：＿＿＿＿＿＿＿＿＿＿＿＿＿＿＿＿

從何處得知本書：1.□書店　2.□網路　3.□大塊NEWS　4.□報紙廣告5.□雜誌　6.□新聞報導　7.□他人推薦　8.□廣播節目　9.□其他

您以何種方式購書：1.逛書店購書 □連鎖書店 □一般書店　2.□網路購書　3.□郵局劃撥　4.□其他

您覺得本書的價格：1.□偏低　2.□合理　3.□偏高

您對本書的評價：(請填代號　1.非常滿意　2.滿意　3.普通　4.不滿意　5.非常不滿意)

書名＿＿＿＿　內容＿＿＿＿　封面設計＿＿＿＿　版面編排＿＿＿＿　紙張質感＿＿＿＿

讀完本書後您覺得：

1.□非常喜歡　2.□喜歡　3.□普通　4.□不喜歡　5.□非常不喜歡

對我們的建議：＿＿＿＿＿＿＿＿＿＿＿＿＿＿＿＿

＿＿＿＿＿＿＿＿＿＿＿＿＿＿＿＿＿＿＿＿＿＿＿＿

＿＿＿＿＿＿＿＿＿＿＿＿＿＿＿＿＿＿＿＿＿＿＿＿

碗炒土豆，綠綠正提著鍋往一個鋁盆裡倒西紅柿雞蛋湯。屋裡的空氣和屋外一樣涼薄，湯冒著滾滾熱氣。綠綠粲然一笑。

那已是很早以前的事了。我們吃飯時並沒說什麼話，我們其實沒什麼話說，只有把我們放在人流中才會感到親近的感覺。那次晚飯後我們再沒有見過。在自動失散的日子裡，我們分別以日新月異的速度成長著。據說綠綠跟過一個德國人兩個美國人一個非洲人一個印度人一個香港畫商害過一個山東籍大學生爲她自殺、未遂。據說綠綠新近成了女同志的精神領袖，時常披著及腰長髮塗著黛色眼影去大學酒吧聚會上開展女性啓蒙運動。據說我在一段時間神祕失蹤，偶爾在奇形怪狀的地方晃一下身影。多年以後我們的再度相遇具有古詩和電影的韻味，晦暗不明的腥紅色燈光下，穿越紅男綠女，我們的目光像平時一樣在空中蜉蝣，搜索著某個可停留片刻的點。我們的眼神在時空中撞擊了一秒鐘後，各自發直發亮。「我——操！」我們同時出聲，鏗鏘有力。

我漫長的婚前生活就是在人際關係中一天天度過的。我時而亢奮激昂，時而身心俱疲，力不從心。我依據馮城的離開和歸來來判定早晨和夜晚，依靠奧利維爾空中的來信設想遠方，周明的電話模糊了下午到傍晚這段悲情的時間，在小羅的帶領下跟陌生人喝得酩酊大醉，爲隨便聽了一耳朵的流行歌曲淒然淚下。我多麼激動和另一個愛酒的女人喝酒，綠綠，她斜倚在我的胸前，嘴裡的熱氣隔著衣衫濡濕了我的雙乳。我緊緊握著她的手，我也暈了。對面的人依然在大嚷大叫，手舞足蹈。喧囂聲如同遠處的泉水，慢慢地涼了。我們的手一直握到灰飛煙滅。「走吧。」她說。我們輕飄飄飄出門，各打一輛車回家。

與此同時，我和馮城的做愛次數越來越頻繁，做得越來越簡潔粗暴。我都不理解我們倆怎麼會有那麼大的勁兒。他每天上班都很忙，我的頭腦中則裝了一堆雜念。我很怕奧利維爾會突然跑來，出現在我家門口。一想到這個我心都亂了，更使勁地掐著馮城的手臂。快一點吧，快一點平靜下來。

3

白天的街上總有很多人，但這幾乎是我的想像。我很久沒有白天出門了。我總設想我一出門就會遇見熟人。在這個城市，我上過許多學校，周遊過許多圈子，遛過許多條馬路，談過許多次戀愛，有過許多閨中密友，記得過許多名字或臉。現在他們正在做什麼我一無所知，越來越跟我沒有干係。我有時因此有些慌。一位中學同學打電話叫我去參加她的婚禮時，我恍若隔世，像個重新受寵的棄婦，分不淸今夕何夕。

婚禮定在中午。我抱著一個巨大的洋娃娃站在一座富麗堂皇的飯店面前，闖進去拐上兩個彎，就看見我的中學同學站在餐廳門口迎賓。她曾是班上最漂亮的女孩，如今已很富態，面容依舊姣好，裹在綴著銀片的白色婚紗裡就像我懷中的胖娃娃，粉妝玉琢的。我看見衆人的禮物更多的是紅包，我一下子暈了頭，這些禮節離我太遠了。我很不好意思地把娃娃放倒在她腳邊的紅地毯上。她挺興奮地叫我的名字，從前的暱稱：川兒，你可來了。快讓我看看他，我同樣興高采烈地說。「趙小軍，這是川兒。」她把身邊的男人推到我面前。

「你好。」「你好。」

不少昔日的同學都來了。他們除了圍著新郎新娘說些祝福和調侃的話，就是問我各種問題。這些年你都幹了些什麼？去了哪些地方？現在做什麼？結婚了嗎？男朋友做什麼？去什麼酒吧玩兒？我深刻體會到另類的光榮。他們眼裡沒結婚沒工作就足以另類了。何況我頻頻掏出香煙，頻頻和男士們乾酒。從前的小男生們現在都是男士了，喘著粗氣，起著哄講黃段子，再不會臉紅。

婚禮複雜且正式。一個半老徐娘做主持，她穿著緞面貼身紅裙，腹部掉出來一大塊。她莊嚴地：「趙小軍先生，你願意娶方藍小姐爲妻麼？終生愛她、保護她？」「我願意。」「方藍小姐，你願意嫁給趙小軍先生麼？終生愛他，替他分憂？」「我願意。」

交換戒指。「哇——」，主持大姐用一種職業性的誇張語氣：「白金鑽戒耶！」

西式完了是中式。雙方的老父老母被攙到前台，新娘哭了，新郎深情地摟著她。新人行了拜父母的大禮，行了夫妻對拜。他們沒有拜天地。

咬蘋果！咬蘋果！雖然大夥兒都看過無數毛片了，此刻依然想起了喜迎門之類的電影，熱火朝天起叫著。

經過堅持不懈的努力，新郎新娘終於站在一只吊在空中的蘋果前，他們伸出嘴唇的同時，牽線的男士過快地收了線，新郎新娘更快地彌補了這一微弱的時間差，大夥兒如願以償地看到新郎新娘的嘴唇因爲爭吃蘋果而碰到了一起，並且如願以償地起哄因爲新娘馬上一副扭捏的樣子而新郎果然露出得意的神色。

這是我第一次參加婚禮。

我說得很多，喝得也很多。我不停地說話，表現激烈。新郎新娘一桌挨一桌地敬酒。一位曾經木訥的女生現在八面玲瓏的女士跳到台上唱月亮代表我的心。「那時我們老一起抄歌詞唱歌呢。」新娘抒情地回憶說。「是啊是啊，爲這個乾一杯。」我說。我一飲而盡杯中物，有人不易覺察地拍拍我的後背：「別喝太快了。」我迷迷糊糊地轉過身，看見趙小軍攙著新娘的背影。我坐下來，點燃一根煙。主持大姐下了台坐在我旁邊：「妹妹，來根煙。」細看之下，大姐肯定有四五十歲了，滿臉的粉和褶子，紋過的眉眼黑得嚇人。「哎，不錯，熱鬧。」她嗓音沙啞地評點著，像是自言自語。我忽然覺得她很親切。

那天中午很漫長，感覺比一天還長。白酒的味道漫得到處都是，氣氛越來越熱烈，圍繞著敬酒罰酒，大家越來越真誠地祝福著，慨歎著，重複著。你們要一次結個夠。

我們一群老同學圍著一個大圓桌，新娘後來基本上跟我們在一起，新郎更多地陪著男方賓客，不時過來跟我們鬧一下。新娘不勝酒力，嬌喘噓噓，已然半暈了。新郎自始至終表現得恰到好處，禮貌謹慎又大方。當我們這桌人動情地追憶高中年代，我眉飛色舞，新郎一直望著我微笑。他非常能喝，越喝臉越白，他一直微笑著，這種微笑他甚至保持到今後的床上。

我在離洗手間幾米之遠的地方就開始吐了。吐得昏天黑地。我的神志還很清醒，當我感到一隻輕輕拍打我的後背的手臂。那手臂也輕輕摸著我的頭髮，安撫性地摸，像哄孩子。很禮貌地：告訴我你的手機號。我像屈打成招的女囚絕望地喃喃自語，吐出一串數字。洗洗臉吧。說完，新郎輕輕地離去。

二

4

我認識越來越多的設計師，我認識的藝術家越來越少。比邦迪創口貼更靈驗，設計是這個時代的垃圾筐和萬金油。如果沒有設計師這個職業，一幫破落的藝術家還能幹什麼，既不懂IT業，又當不了儒商（這一點文學破落戶的出路更廣），更不願在街頭賣報。而社會對設計的需求又是這麼的源源不絕如汪洋大海。時刻設計著，時刻需要設計著，時刻設計著如何設計，大到國際方針小到一條內褲，遠到改造火星近到眼皮底下塗什麼眼影，外到一條胡同的粉飾篡改裡到被狗男女壓在身底的床，上到領袖繫哪條領帶下到處女能不能用衛生棉條，長到下個世紀吃什麼最健康短到命如朝露的避孕套，左到新款結婚戒指右到一隻酷呆了的手機：喂？這個活兒我們一定要接。先吃飯，晚上安排他們去喝酒。

我心愛的馮城就是其中一名。和許多半成功的設計師一樣，他開一輛小破車，用最新款的手機，喝一點中檔酒，不吵鬧、不宣洩、不大起大落，與男女同事結件而行，與藝術界老外圈談笑風生，溫和地度過每一個周末。他們都是由無產藝術家轉變過來的，正在通往小康的路上小跑或快走。自從和馮城生活在一起，我便迅速地加入了這個行列。再也沒有人落魄了，因爲我們不再跟落魄的人來往。

「你那時梳一個長長的馬尾，」馮城深情款款地說，「穿一件深藍色的衣服，眼睛很亮，皮膚很白，抽煙就像吃一根棒棒糖。」我一年多前邃著一頭染得枯黃的短髮，以一小時六根煙一杯雙份 Jim Beam 的速度，聽馮城回憶往昔情懷。據他說我們很早就遇到過了。他說他也曾住在那個村裡，同病相憐的七、八個人在冬天常常守著一口熱氣騰騰的鐵鍋，我們的眼神偶爾在飯桌上交遇。因爲我多年過著一種渾渾噩噩的生活，對當時鍋邊一圈人的記憶也是渾渾噩噩的。我只深刻地記得那口鍋，湯的香氣撲鼻、顏色不忍卒睹。

「是麼？你呢？」「我那會兒不愛說話，你肯定不會注意我。」「有點印象，我好像去過你的畫室吧？」「是啊，你還批判了我的畫呢。」「眞的？那會兒就愛瞎說。」我笑著站起身去洗手間。

在廁所我感到一陣暈眩。我捧起一掬水敷在臉上，稍微舒服了一些。我掉轉身往外走，猛然間心驚肉跳。我瞥見一個身影，寒冷的鏡子中，一張殘妝下蒼白凌亂的臉，眼神渾濁沒有絲毫光彩，下巴頰尖得嚇人。我呆了片刻，迅速背過身，開門出去。我的動作太快，一下子又搖搖晃晃起來。我靠在酒吧的一根圓柱上，失去了身體的重量。前方的角落坐著馮城寬厚的背影，他點燃了一根煙，姿態安詳，正扭頭往窗外看。朝著那個背影，我緩緩地走了過去。

那是個地下酒吧。馮城扶著我往外走的時候，上了很多層台階。我記得終於回到地面時，我幾乎感到了天上星星的寒氣。我很自然地靠在馮城的肩膀上，他的雙肩遼闊，胳膊強勁有力。他輕輕把我放在車的副座上，穩穩當當地啓動了油門。在途中他不時用右手牽起我的左手，放到唇邊溫柔地一吻。車平穩地在夜色中前行，安靜地像泊在湖裡的一條船。我像一隻迷途的羔羊終於找到了黨組織，疲倦地踏實地幸福地閉上了雙眼。

第二天早晨醒來，我一眼就看見了天花板上的吊燈，金光閃閃，墜著五彩的玻璃珠子。我陷得很深，床是那麼地柔軟，粉色的被子像一大捲波浪，裹得我緊緊的。我愣了一會兒，坐起身來，有一種熟悉的逆來順受。屋裡靜悄悄的，床頭櫃上一個小鬧鐘壓著一張紙條：冰箱裡有牛奶和橙汁，麵包你烤一下再吃。

我重新倒在了床上，睡到下午才起來。

5

我漸漸相信，每個人都會遇到他的馮城，或者每個人都會遇到另一個人，把他當作馮城來對待。一切迅速地開始、自然而然地進行了。我不在乎重複以往的經歷，那些必備的動作與話語。我慢慢熟悉了馮城，瞭解他的職業、年齡、身世、感情故事和生活習慣。我夾敘夾議地描繪了我這些年的生活。在講述中我成了一個執著追尋愛情和藝術的姑娘，他則是一名單純善良，踏實肯幹的好男人，舒展著他寬厚的上帝般的笑容：「別怕，我來安排。」他沒有說這話，但確實這麼做了。他只說：「專心在家寫作，你不用上班，不用做飯，想出去玩兒就出去玩兒。我一直夢想著照顧你。現在我真的可以照顧你了。」

馮城是西化的，我出門只消打聲招呼，他從不多問。馮城是中式的，第三天他就幫我把家搬了過來。馮城是無微不至的，在超市不會忘記任何一種調味料，白胡椒黑胡椒芥末醬桂皮粉，「再買點蓮子枸杞銀耳，給你燉點湯補一補。」馮城是有品味的，周末他以設計師的眼光將我打扮得既前衛、性感，又合情合理。「這件衣服的顏色不太適合你，你穿深藍色最好看。咖啡、黑、綠、灰都行。」我扔掉了好幾件舊衣服。「別喝烈酒了，喝點紅酒吧，養顏。」當我高聲招呼侍者拿一杯 Jamis，他低聲地溫和地建議道。我端起了一杯紅酒。「這是我的女朋友。」「你好，你好，」國際友人對我說，轉過頭對馮城：「她眞漂亮。」「她是作家。」「噢——」友人發出讚歎。我浮起了一個永恆的微笑。

沒有任何理由證明我們不應該在一起。我們高矮適中，肥瘦相宜，文化程度相當。大街小巷上衆多情侶們的搭配狀況令人髮指，我們自豪地手挽手肩並肩，我們是難得的匹配的一對。我們有共同的記憶，我們與藝術沾邊，過著小康生活。我們的身體狀況在做愛時非常和諧一致。每天他上班後，我慢悠悠地起床，衝著電腦，慢悠悠地發呆。不是每個人都有我這樣的福的。我再沒什麼可抱怨。在夜裡我們像打仗一樣做得大汗淋漓，癱在床上。

你好麼？當然了。你會不會騙我？永遠不會。你不問我好不好嗎？你不好麼？好。睡吧。

6

那天我也許多喝了些酒，馮城也是。他一直坐在吧台紅色的高凳和一名穿紅色風衣的女人聊天。那女人頗有風韻地徐徐吐出一個個煙圈，不時發出浪蕩卻不刺耳的笑。吧台的燈光是一種明亮的戲劇化的橙色，他們的側影和背影具有成熟的高腳杯的風情。我坐在幾米遠的桌子邊跟一幫爛熟的朋友們廝混。我聊得很開心，覺得頭暈的時候，我就站起來，拿上包，搖搖晃晃地往外走。他看見了我，對那女人急急地說了句什麼，趕到我身邊。「想走了？等等我去結帳。」

「別呀，」我仰起頭癡癡地笑，湊到他耳邊說，「一定要用套哦。」

馮城幾乎是把我扔進了車。發動機的聲響巨大而怪異。他一言不發，車窗外的風湧進來，我很快無比地清醒。我想解釋一下我沒醉，我說的是真心話。順著冷冷的風，我真的說了出來。你別不相信我呀，我叫嚷著加上一句。

他轉過頭來的眼神，像一堵牆一樣堅固、漠然。你醉了。他說完便不再理我。

我們誰也不再說話。車開得飛快，好像自己在往前跑，而我們倆都在局外。

我們回到家，我們待在一個房間裡。沉默像一張張開的弓。我真想說出什麼，空氣是如此地悶。我知道我很難受，我不知道他難不難受，我也不知道難受是好還是不好。如果他這時碰一下我的手，我就會昏天黑地地和他擁抱在一起。我們其實是親密無間的，就像一輩子已經放在了面前。對於一輩子又有什麼可說的呢。我們躺在床上，隔著一條縫。我最終忍不住用手輕輕碰了碰他的頭髮，他那麼迅速地翻身抱住了我，好像預謀已久。我們只能拼命地做愛，一言不發。

7

周明長得頗俊秀，頭髮半長不短，一縷縷乾淨地搭在額前，瘦瘦小小的，一心寫實驗劇本。他這樣的男孩非常適合某個在歐洲某國文化處工作的某國姑娘，最佳方案是法國。我的情況略同。但我們還是相遇了，五年前在使館區一條落葉紛飛的安靜的街。我們去法國小學校看電影，與我同去的女孩林認識與他同去的男孩樹，我們四個在大門口碰見。夕陽橙色的光透過細碎的葉縫，在我們臉上身上塗滿溫柔的光斑。我們倆沒說話，聽身邊兩個人嘰嘰喳喳。那時候還不怎麼流行禮節性的介紹，林和樹自顧自地聊著。我們倆面對面，眼睛看著別處。林轉過頭說走吧，樹也叫他。我們四個一起走進學校裡的小電影院，我和他落在後面。上樓梯時一個小男孩迎面飛快地衝下樓梯，我們各自側身讓開，眼神直愣愣地相遇了。我們仍然沒說話。看電影時，林和樹坐在中間，我和他分坐於兩端。

後來的情景眞像我們看的那場電影，一部灰濛濛的青春片，幾個無所事事的藝術青年終日閒逛閒聊，如大家所料，反正發生了些悲劇，典型的法國知識分子小資型，大段大段的對白，對淺薄的問題進行一番深刻的思考。看完電影后我們幾個就是這樣的，走出影院的一路上都在評判。那會兒可眞喜歡評判呀，使勁罵一些東西，再使勁捧一些東西，罵得越狠越藝術，捧得越高越證明自己有品味。那會兒我們就是這樣一副藝術青年的德性，正如我和周明之間的一切都是自然而然的。遇見他就像遇見我的影子，遇見我身體的一部分。我們每寸肌膚都完美地契合，我躺在他懷裡時他也就躺在了我的懷裡。

性、酒、早餐、大麻、音樂、電影、方便麵，我們在一個十三平米的房間裡過家家。這種封閉式的甜美的生活差一點把我們倆都毀掉。最膩的時刻我們還想過自殺呢，提起來眞不好意思，好歹那會兒也是二十一、二歲的人了。我們在一起過了九個月，花乾了所有的錢，躺在床上，手拉著手，望著天花板。天花板上有一個三片葉的吊扇，不知什麼時候早已經壞了。如果我們不是這樣終日躺在床上，是不會發現葉扇間掛著的那一小片蜘蛛網的。

最後的日子裡，我不記得我有沒有說我要走了。反正我們倆嘴上都不提，行動上在爲我的走做準備。他有一天辛辛苦苦地轉錄了五盤磁帶，都是我們最愛聽的，適合夜裡點上蠟燭，躺在暗中，斷斷續續聊人生時聽。我在走的時候悄悄把磁帶放進包裡，我出了門就像下樓去買捲衛生紙。他待在屋裡沒有動，就像他坐著的那把椅子。

我出了樓門，快走到街邊時，我猛然回頭。陽光強烈得令人暈眩。他站在陽台上，只剩一個黑影。

五年後，我們在一條陽光燦爛的街上重逢。

半年前是個冬天，我有足夠的時間和精力想一些比較奢侈、無聊的問題。那段日子我過得很充實，甚至到了充實的邊緣。我和周明在電話裡越來越濃情蜜意，那些跟生活無關的句子（在想什麼？你剛才在幹什麼？你正看著什麼地方），於傍晚時分越過北京的二環路和三環路，在夕陽面前一閃而逝，像天使一樣美麗和毫無意義。我在電話裡總是流露出戀舊的情意，我很想把事物推到一個極端。我瞭解周明，他是個可以從十三層往下跳的男人。我對他說，我就在你對面的高樓，十三層，我看著你，你看著我。天黑了，燈亮了，月亮出來，我們即將暴露。你的唇貼在玻璃上，他說，一朵即將綻開的濕潤的蓓蕾。下面出事了，亂糟糟的，遊行、革命、謀殺、還是一場交通事故？不，拖鞋和內衣大甩賣。有人跳了下去。有人流血了？婦女們在奔跑。摔倒？深一腳淺一腳。屁股有的圓有的不圓。兒童在哭。兒童只知道哭。沒用的東西。

我們又像法式藝術片那樣老氣橫秋、雲裡霧裡了。我說的時候模糊地意識到，說完之後清醒地認識到，我依然迷戀這些忽上忽下的東西，但這還不夠。我想看見有人去實現去打破，想聽見那個男人從十三層上跳下來，以一種少見的優美的速度，摔成一灘爛肉。這樣我就可以徹底地回到生活之中。沒有人被自己的惡毒嚇醒過麼？我已經習慣了軟弱。軟弱加上惡毒就一錢不值了。我常常對自己失去信心。

那是在冬天，人越來越需要安慰。最冷的時候，周明告訴我他要走了。去哪兒？法國，我可能要結婚了。哦。

我「哦」了一聲之後問他在看什麼。在看外面。我又問了些別的問題，我像往常一樣地溫柔。然後我們掛了電話。

我盯著電話。冬天的夜來得真早啊，天是一盒凍僵的深藍色墨水。馮城還沒有回來。從門外走廊和窗戶縫裡，遠近不明地響起雄偉的音樂聲，新聞聯播和著飯菜的香氣，順著寒冷呼嘯的風升騰起來。

我盯著電話。我知道周明還沒有離去。我在心裡說，周明，如果你這時打來電話，我們就在一起，好麼，像從前一樣，永遠不分開。我沒有開燈，電話黯淡成一塊立體的斑。我這裡很靜，周圍很吵。「新華社消息：國家領導人……×機、×機、××通、一個也不能少！……娃哈哈！」……在夜晚這個城市的千家萬戶必須結成同心，把一天的幸福安寧維持到底。

我等得牙齒也發酸了。越來越暗越來越靜也越來越吵。我都忘了我在等什麼，就像我多年的生活，忘了該做什麼。我不會主動打出這個電話，就像我從來不主動追求什麼。生活自己掉在我的頭上，寫作的欲望就像月經，隔一段時間就來找我。男人們疼愛我拉我入懷，我沒有意見。我如此乖覺。門開了，馮城回來了。我在他懷裡時居然有點傷感。他滿身寒氣。寶貝，你可回來了。

周明在第二天的傍晚打來了電話。我們沉默了十幾分鐘，我當時有很多的欲望，比如餓、想上廁所、沒煙了該去買煙。但我耐心地拿著聽筒聽他的沉默，間或聽他輕微地歎口氣，我發現我還是個善良的人。十幾分鐘後他終於表白。他說只要我願意，我什麼時候都可以回到他身邊。他可以留下來。我心裡空空蕩蕩的，我說了一句讓我很慚愧的鳥語，我說我們已經不在一個時間段裡了。放下電話，我心裡更空了。我昨天等的就是這句話麼?可我早就知道了。我以爲我非要等他把話說出來才甘心。可他說了，天依然又黑又冷，我依然等待馮城的歸來，盼望奧利維爾的來信。周明也依然要走，因爲我明天依然會坐在這把椅子上，聽隔壁的新聞聯播，消融進安寧的夜色。

今天比昨天更空了。

三

8

與我中學同學大操大辦的婚禮相比，這次婚禮是一場簡約的西式婚禮。

我們是在吃完飯、到了新郎新娘包下的一處酒吧、喝了不少酒後開始吵架的。在婚宴上我們還很團結，一起微笑著捧上禮物，宜家買的檯燈。在酒吧大家繼續說著成箱的祝福的話，新娘的肚子被摸了一遍又一遍。光是我就摸了三遍。四個月就這麼大了？想要男孩女孩？就是，女孩好。反應厲害麼？取名字了麼？大家談起了住房。新娘說望京的房子不錯，新郎說昌平那片環境好，新娘說太遠了，有人插話說昌平風水好。什麼風水，瑞典新娘露出北歐的冷笑。你不懂就是不懂，新郎替朋友插刀。我當然不懂迷信了……新娘的中文真是好。我們幾個站在新人面前，有些尷尬，就微笑著。香檳來啦！有人高叫著衝過來，泡沫滋了大家一身。新郎新娘也微笑了。衆人頻頻舉杯。新郎問馮城：什麼時候喝你們的喜酒呀？馮城笑而不答，我也笑而不答。旁邊的人仍然緊逼：你們倆可早該結了，你們那會兒戀愛起來，跟出了大事兒似的……有那麼嚴重嗎？馮城笑咪咪地說。我最討厭結婚了。我笑咪咪地說。身後一個女朋友掐了我一下。新娘倒沒事兒，笑咪咪地說：就是，沒自由啦！她幸福地吻了新郎一下。

我看得很清楚，她的表情眞的很幸福。

你眞愛他嗎？我笑咪咪地問，不管馮城的眼色。

愛呀！她再次幸福地吻了吻新郎。

你懂什麼是愛嗎……我臉上依舊笑咪咪地，當我的身子被馮城一把拉走，我的聲音很快淹沒在一片歡聲笑語中，其實根本就沒人聽見。

我靠在酒吧二樓露台的欄杆上，我手裡端著一杯烈酒。我怎麼連醉都不會醉了，只是喝得手腳冰涼。我不知道馮城一直站在我身邊，還是剛剛來到我身邊。他提著一瓶伏特加。

他乾脆坐在地上，我站累了，也坐在了地上。這時我們如果說句話，隨便說一句什麼，氣氛就會恢復常態。樓下的歡聲笑語就像一盆盆潑出去的髒水。我們終於什麼也沒說。

漫長的一段時間。有什麼東西在我胸口翻湧，和著酒精。我吐不出來。我的腦海中有一片片尖利的碎屑劃過，有一瞬間清晰得像鄉間夜空中的星星。

我不愛你你不愛我你他媽的神經病你爲什麼不拋棄我像我的感情一樣拋棄我我爲什麼擺脫

不了你就像擺脫不了砸在我身上的你的身體砸在我身上的我們的生活。

白酒的味道在冷風中更加地噁心。我胸口滾動著，吐不出來。

他輕聲對著瓶子說：還要嗎？

我伸過去我的杯子。星星閃著最後的光亮，一顆顆墜落在山後。我知道有什麼東西永遠地失去了，一句說不出的話或是一輩子。

我一口乾掉了一杯。這個人是世上最愛我的人啊，我差一點哭出來。我猛然撲到他懷裡：我們回家吧。

我們比平常更凶狠地做愛。我快承受不住劇烈的心跳，我們大聲地尖叫和喘氣，身體的顛簸讓我終於吐了出來。我們在污跡斑斑的床單上繼續做愛。他一聲不響，好像只有操這個唯一的目的。他的汗水滴落在我眼裡。我們已經不是皮膚碰著皮膚，而是骨頭撞著骨頭。我快散架了，快渴死了。消滅我吧，這是我唯一的念頭，支撐著我快失去知覺的肉體。

我像一張被拋在空中的輕浮的紙片，沒有重量地掉在地上。一切都被抽空了。我原來覺得一個人不能爲自己的命運做主，我現在想這其實很簡單，只要你把你的命交出去。我微弱地懷抱著這一絲希望。他像另一張失血的紙，悄無聲息地落在我身邊。他的聲音像我的希望一樣微弱：別鬧了，我們結婚吧。

9

我們迅速地結了婚，甚至辦手續的那些繁文縟節也沒能阻擋我們的決心。一件事情的了斷原來是如此容易，和一個人消失得一樣快。我飛快地給奧利威爾寫了好幾封信，最後都沒發，只留了一句話，說我結婚了。他回了一封信，一大排省略號後跟著一個詞「adieu」，法語中的永別。我越發尊重結婚這個詞了。在不瞭解這個詞之前我所說的關於結婚的一切都是愚蠢的，就像我從前總是罵自己根本不認識的人。「結婚」既然被人重複使用了億萬次並且將使用更多次，肯定具有它非凡的道理。這不是由那些憤世嫉俗的人所能詆毀和改變的。它如此有效，輕易避免了我和奧利維爾之間有可能發生的婆婆媽媽。它是國際的共通的，我們尊重它就像我們必須愛護公共廁所，你一需要它就會想起它的好處。

生活至少比以前安定多了。一月分冷入骨髓的時候，周明走了。我們在電話裡客氣地說了再見。有一個周末我和馮城在一個酒吧陪他的客戶，我看見了綠綠，她埋在沙發的一角，手裡死死地攥著什麼東西。她身邊坐著一大堆人。我沒有過去說話。

婚後我不常出門，馮城常慫恿我多出去走走。「給你的小說提供素材嘛。」他這樣說。我最終明白他根本就不懂我寫的是什麼，但是他比我更執著地鼓勵著我，像所有關心過我的人總是比我更關心我，像生活比我的生活更像生活。

我只跟小羅出去過一次。那是在剛結婚不久，小羅打電話說他要去香港拍ＭＴＶ了，見一面吧。他帶我去了一個昏暗的地方。那個地方沒有大哥，只有年紀相仿裝束類似的小羅們，有一大把彩妝濃郁的非常年輕的女孩，跳著舞或者坐在地上、蹲在牆角、躺在沙發、倚在男人身上。還有各式各樣的異國青年，半睜著半閉著藍色的綠色的眼睛。滿屋子硝煙彌漫，紅塵滾滾。老闆娘披著裘皮披肩，血紅的指甲縫裡夾著一根長長的煙，很酷地翹著二郎腿坐在一張高高的吧椅上，臉描得像大眾電影的封面明星，眼神冷峻、有神、直視著一個空蕩蕩的方向。小羅看上去很憔悴，眼裡有種奇異的光彩，有些可怕。我那天差一點就吃藥了，如果我沒有在半醉的情形下，無意中瞥了一眼沙發。馮城坐在兩個女孩之間，三個人都低垂著臉，正專心致志地搖頭晃腦。我當然沒有打斷他們。

那一刻我終於理解了馮城，並決定和他好好地在一起生活。在此之前我其實有些怕他，就像我怕上帝、理想、愛情和爸爸媽媽注視著我的眼睛。

10

馮城比以前更忙，經常不回家吃飯了。他頻繁地給我買禮物，鮮花或是內衣。更多的時間，我在家裡面對空白的電腦螢幕。我應該寫點什麼。哪怕是編一個故事。越來越像那麼回事了，我腦中時常冒出這樣一個句子，可還缺點什麼。這念頭一閃而過，我沒有深究，因爲我比從前沉穩多了。就這樣過了一個月。

趙小軍打來了電話。

我清楚地記得那一天。

你好，我是趙小軍。你好。

他沒有多問一句你還記得我嗎之類的話。

我們沒有多談，三言兩語定了約會，在他的辦公室。我們更沒有提她。

我仔仔細細地洗澡換衣服，我的頭腦像春雨過後純淨的天。我比任何時候都清楚我要去做什麼。我們第一次單獨見面像後來的見面一樣有禮貌，只是聊的時間略微長一點，總有四十分鐘吧。然後他過來抱住我。我們沒有說話，也沒有接吻。我們做愛的時候，我激動得很正常，屬於中等偏上。趁他去煮咖啡我順便瞧了一眼茶几上放著的婚宴照片，我找到了自己的笑容。新郎新娘在前，一堆人在旁邊和後面，我站在右側的一個角落，身體缺了半邊，笑得很開心。

這就是那個周一的晚上。我第一次偷情，沒有一點慌張和不適應。這一定跟我剛剛結婚有關。婚姻和軍隊一樣，迅速培養了人的紀律性和條理。我發現偷情生涯對此有過之而無不及。在時空環節的安排上趙小軍的配合天衣無縫，一切很快步入了正軌。自從我過上了這種結構主義的生活，我的寫作欲望就一天勝似一天。我居然想起了（很不好意思地）卡夫卡。雖然我現在讀不下去您的東西，我還是覺得咱倆的心比以前貼得更近了。

11

我不只一次早上醒來，躺在床上想，昨天做了什麼。我經常只記得前天或更早以前的事。由於我的生活不用遵守任何規章制度，星期幾、幾點、白天黑夜慢慢失去了實際的功用。我搞不懂爲什麼會有堵車、星期天的大採購、會有那些莫名其妙張燈結綵的節。我怎麼可能判定昨天不是前天呢，今天早晨，我望著天花板上的吊燈，想起昨天不是前天因爲前天我見了趙小軍。前天是一個周五。現在馮城睡在我身邊，這麼晚還沒有起床。今天是個禮拜日。

過去的幾年像一團糾纏不清的水草，仍然在淺層骯髒的海水裡漂浮著腥臭味兒。一切從與馮城結婚再與趙小軍偷情後才變得清晰。就像我周圍的男性朋友需要小姐維持婚姻一樣，一個女子只能靠偷情與丈夫建立牢靠的關係。

去見趙小軍前，我總是坦蕩地洗一個澡，對著鏡子精心裝扮。「我出去一下。」馮城在家我就這麼說。如果他問見誰我就告訴他，如果他問見他做什麼我就說愛。可馮城什麼也不多問。我回家後他有時會說一聲：出去玩兒啦？過得好麼？我照實回答：挺好，就是有點累。平心而論，我回答得比他問得眞誠多了。他問的時候眼睛還盯著電腦螢幕呢。他現在成了網蟲。我就去隔壁的房間躺著，休息一會兒先。

有一天馮城睡到下午才離家。那是一個周二。我的法定偷情日。馮城在慵懶的三點鐘醒過來，低柔地喚我的名字。已經是夏天了，陽光像湖水一般淌進來，平靜、大方、明亮。他出門後我精疲力竭地躺在精子味四溢的床上，接到了趙小軍的電話。我渾身酸痛地爬起來洗澡。我要遲到了。

四點半，我坐在了出租車裡。這個時候路上已經開始堵車了，每扇車窗裡都坐著或站著等待著的人們。大家面色安寧，像一條命一樣充滿耐心。下午的時光像秋天的麥子，一粒粒散落到我們頭上。沒什麼可著急的。有人回家看看，有人離家出走，有人吃飯，有人嘔吐，有人去賺錢，有人去花錢，有人在開車，有人在撞車，有人坐在車裡，有人被壓死在車下，有人闖紅燈，有人過綠燈，有人剛剛懷孕，有人馬上去做流產，有人在聽歌，有歌在被聽，有人正在愛，有人正被愛，有人盼著愛，有人不再愛，有人問什麼是愛，有人答愛是什麼……

我有幸加入了這天下午的滾滾紅塵中，我走在偷情的路上。我感到非常地安全，要知道，我也是人流中的一個，我也等待著，我也有事情要做。這種感覺對我來之不易。我終於成為一名業餘生活豐富的人，在光天化日之下，徘徊在大街上。白天的街上果然有很多人，充滿了勃勃生機。

舒服嗎？趙小軍常常在過程中這樣問。他總是一副謙遜的樣子：不舒服我就換一個姿勢。

12

七歲那年我背著書包走在放學回家的路上。陽光是白色的，地也被照得發白，樓群是灰黑色的，我大概也是個灰黑色的小人兒。我經過一個拐角，聽見一名男子的聲音：嗨，看這兒。我扭過頭去，看見了它，一條白白胖胖的東西，應該是軟的。我是先看見它才看見他的。他像一塊攤開的布黏在牆上，他像牆面的一處陰影，沒有厚度和重量，只有那東西突出來，裸在風中。也只有那東西是白色的。這幅情景只有黑白兩色，並不因為這是我的記憶。這是我第一次遇見一個男人。在此之前的男人都不能算，爸爸、哥哥、老師，對我，他們首先是一些名分。是這個靠牆而立的男人，與我有過最初的男女的交流，他對我打開了襠部。他於我完全是個陌生人。之前和之後，他跟我正常的生活都毫不相干。在他與我相遇的瞬間，我們確實發生了某種聯繫，一種平等自由隨意的聯繫。他禮貌地輕問一聲：嗨，看這兒；而我完全可以不看。不和陌生人說話，這是每個媽媽對女兒的教導。但我扭過頭去，一眼先看到了它。

我後來彷彿總是從高處俯視那天的情景。正午時分，陽光的重壓下，我那麼地小，小成一團，被釘在地上，連影子都沒有。幾秒鐘的沉寂。然後我拔腿就跑，大書包在我的背上一顛一顛的，打得我生疼。男人依舊靠著牆，它依舊裸在風中，太陽一言不發。

在我七歲的時候，我的目光成爲一個女人，給靠牆的男人一次滿足。他則是我遇到的第一個男人，他一下就亮出了男人的實質：陌生、陽具、靠牆而立。

現在，我已經二十七歲了。今天早上我想起我的年紀，覺得時間是靠不住的。應該說我七歲那年就長大成人了，或者七歲的我才剛剛出生。今天是星期天。我剛才醒來，一直躺在枕頭上望著天花板上的吊燈。吊燈裡面的燈泡是節能型的，外觀金光閃閃，綴著五彩的玻璃珠子。我第一天在這張床上醒來就看見了它，我今後的每一次醒來都將繼續看見它，這燈會不會有一天掉下來，把我砸死在這張床上。記得某家皇家劇院的水晶吊燈就砸死過幾個貴族，爲什麼我頭頂上這盞農民吊燈就不能砸砸我呢？我那時身邊會躺著馮城嗎？我們會不會摟在一起，被房東齊大叔的吊燈砸得鮮血淋漓？

馮城醒過來的時候，我正在大街上遊蕩。我知道馮城會一把把窗簾拉開，沒準兒還哼一句小調，趿著拖鞋，慢吞吞地去衛生間。這些我閉著眼睛就知道。水在抽水馬桶裡轟隆隆地旋轉，拖鞋叭嘰穿過客廳，去往廚房。流水嘩嘩地衝撞著水壺，持續十幾秒。停了，幾個水滴從籠頭緩緩落下，濺在水池光滑的池面，玲瓏作響。呲地一聲一根火柴劃著了，輕微地砰地一下點燃了火。水壺咣的一聲坐在藍色火苗上。拖鞋轉回到客廳。CD機殼彈出來又彈進去。片刻，音樂響起，大多是很吵鬧的音樂。即使音樂聲很大，我還是知道，馮城會坐在沙發上，點一根煙。

我是在公共汽車站台給趙小軍打電話的。當時我本想坐一圈公共汽車。曾經有一個晚上，當我還可以被稱做少女的時候，我走在長安街上，隨便跳上了一輛車。全長安街的風越過骯髒的敞開的車窗湧進來。今天我想重蹈覆轍，沒料到坐車的人那麼多，和多年前的白天一樣擁擠。一對少男少女拼命地往上擠，少男的手托住少女的腰。少女先登上車門，少男的手改托住少女的臀。我看著他們雙雙上車。我看著車慢悠悠遠去。我撥通了趙小軍的電話。這是我唯一能做的一個姿勢。

今天不是我們約好的時間，也是我第一次主動給他打電話。趙小軍沖了兩杯咖啡，給我點了一根煙。我們面對面坐著。他說，我沒想到你會來電話，我正想找你呢。我像往常一樣文明而友好地問，找我做什麼。他忽然歎氣了。我說工作很忙吧。他說不是，你不覺得我們該談談嗎？談什麼？我喜歡你。我一直想跟你說，前一陣我和我老婆一直吵架……

這是我們第一次提到他妻子，我的老同學。照片上她笑得甜美而端莊，凝望著我們。

哦，我像苦情戲的女主角，啜了口咖啡，現在你們和好了。

不不，他急急地抬起頭，一貫的禮貌謙遜消失無蹤：我想和你在一起。我總是沒機會說，我們每次見面那麼短。我這幾天想過了，我根本就不愛她，跟她結婚是個錯誤。我要離婚。我第一次見你就喜歡你……

從趙小軍家出來已是黃昏時分。我們沒有做愛，我聽他表白了一陣就拿起包堅持走了。他的表白讓我覺得虛無極了。我和他之間發生的一切一點意義都沒有了。

我重新回到了大街上，沒什麼事情可做。人都紛紛走光了，原來大街上並沒什麼人。

二〇〇〇年九月

阿福

那會兒我剛剛送走了老方和老齊，望著凌亂不堪的桌面喘了一口氣，歇了半分鐘，泉姐胖嘟嘟的身子就從門縫擠進來了。阿福，快，快，十三號檯。見我賴在沙發上不動，她急得呼哧帶喘地：裝死啊，皮又癢啦？我伸了個懶腰，抓起根煙就往外走。在門邊泉姐的滿臉橫肉又堆出了笑容：很酷的客人哎，便宜你這小蹄子了。我說你看著好你倒去呀。

進了十三號包房，我才信了泉姐的話。一個三十來歲的男人端坐著，穿著黑西服，面容瘦削，眼睛的形狀很好看，眼神看不清楚。我進門時，他連頭也沒抬。我徑直走到他身邊坐下，挨得緊緊的。他還是沒動。我才不管他，先點燃了煙。

我從來不是主動做生意的那種。不過我身材好，長得靚，客人們反而老誇我有性格。其實我不知道什麼叫性格。我只知道強扭的瓜不甜。坐一個檯，只要客人主動跟我說話，我就對他們好。只要他們摸我，我就喜歡。只要他們想要我，我就出檯。總有些客人爲了我打架，他們說這叫爭風吃醋，也有的說這叫愛我。我可一點不明白。愛我就在床上好好愛，打架打壞了身子我心疼也來不及了。

我沒主動討好過客人。在我眼裡，客人來這兒喝酒叫小姐，就是男人想女人了。女人明明坐在他身邊，他還假裝談什麼國事呀，生意呀，還有的更煩，談什麼文學藝術。碰到這種人，我就冷著臉，任他們說。不管他們說了什麼，最後還不是要來摸我。

男人和我已經坐了好一會兒了。我的那根煙也抽完了。我側過頭去看他，他的目光只盯著茶几上的一個杯子。我伸手給杯子裡倒滿酒。他就盯著那杯酒。我把酒拿走端在手上，他就盯著那塊桌面。不過，他的側臉眞是好看，尤其是鼻子，像隔壁的上海小裁縫裁出來的。

我只喝我的酒。我挑了一首歌，自己唱起來：你究竟有幾個好妹妹……

別唱了！男人說話了，語氣像冰凍過的。整個屋裡都涼下來。

不唱就不唱嘛！那你想做點什麼？他那麼好看，我忍不住拽著他的胳膊晃了晃。我嚇了一跳，他的胳膊那麼僵硬。這肯定是個好久沒碰過女人的男人，又冷又硬，像塊臭石頭。一想到我會用我的身體慢慢溫暖他，柔軟他，我就覺得自己是世上最開心最成功的女人。我的愛如潮水，我的臉上一定浮起了淫蕩的笑意。

你眞的不記得了？

什麼？

從前，你來到這個院子之前。

那是什麼時候？我只記得這院子裡的事。每個男人我都記得，你要不要我給你數……

阿——福，男人很困難地念出這兩個字，第一次正正經經轉過頭來，望著我，眼神卻游移不定：我後悔了。

後悔也來不及了。

這麼說你知道？男人突然警惕得像貓。

是呀，我早知道。

你後悔了嗎？他幾乎叫起來。

我咯咯地笑了，笑得癱倒在沙發上：我的好人，你都說了什麼呀！我可什麼都聽不懂了。

男人的臉重新白得像張紙，喃喃地說：我也許不該來，也許……

那就別來！我突然地煩了。我也不知道爲什麼生氣。我想不通眼前的事，我想不通的事很少，所以一有我就頭痛。我索性站起來往外走：我叫他們給你換個姑娘。

不不不，彷彿一個影子，他一下就飄到了我身前，急切地喊，我只要你。

那就要啊。我輕輕咬著手指頭，體內悄悄地發熱。

跟我走。他的表情冷淡下來。

要我出檯？

他皺了皺眉：走吧。

我得去說一聲。我扭動腰肢，款款地出了包房。走廊裡好幾個擦肩而過的男人衝我叫喚：阿福，哥哥正等你呢！

妹妹已經有得吃了。我笑著躲開他們摸過來的手，大腿還是被一個姓黃的客人擰了一把。哎喲，我佯裝惱怒地轉身掐了他一下，嘴裡罵著死鬼，眼裡卻瞥見男人在十三號門口筆直地站著。我心裡突突地跳了一下。感覺很怪。我已經記不得上一次心跳是什麼時候了。

稟報完之後，我忽然說，泉姐，我不想跟他出檯。

你發癡啊。泉姐往外推我。

我情急中想起一個理由：沒準兒是變態，把我弄壞了怎麼辦。

聽了這話，泉姐顯然遲疑了一下。阿福可是春滿園的大紅人呀。

一抬眼，男人不知何時已站在我們面前。他招了招手，泉姐就一顛一顛地跑過去。他們倆背著我鼓搗了一陣，泉姐回來時眼睛笑得都瞇成一條縫了，只狠狠地拍著我的屁股說：快跟先生去。

世上只有媽咪壞——我白了她一眼，哼著小調出門了。男人不聲不響跟在我身後。泉姐在後面嚷嚷：小心我撕爛你的嘴！先生走好，走好！

我睜開眼的時候，已經坐在了一間屋子裡。一上車，男人就用一塊紅布蒙住了我的雙眼。我有些害怕，又有些興奮。車急轉彎的時候，我一下子倒在了男人身上。男人伸手扶著我，隔著衣衫我依然感到他手指的冰涼。我想像他冰涼的手指會劃向我的小腹。我的下體像一條張開雙唇的魚，一股熱流打濕了鑲有蕾絲花邊的翠綠色底褲。

現在，我坐在一把柔軟的沙發上，對面的男人深陷在想必同樣柔軟的沙發裡。他的面孔非常模糊。屋裡沒有開燈，屋子好像很大，屋頂很高。靠牆擺放著幾排長長的架子，架子上好似堆滿了東西，影影綽綽看不真切。

男人的聲音很溫和：你害怕麼？

也沒有——

你害怕過麼？

我仔細想了想：還眞是，沒怕過什麼。

男人便微微歎了口氣。

我快睏了。我暗示他。

他沒理我。

我眞的睏了，特別讓我累的是，我又想不通了。他難道忘了帶我來這裡該幹什麼。他好像一直沒有幹什麼的意思。我一遇到不明白的事就頭疼就犯睏。我的眼皮越來越沉。但多年的職業習慣又使得我勉強睜開眼，他的臉在離我不到十公分的地方，他已蹲在我面前。我「啊」地尖叫了一聲：搞什麼鬼，嚇死人啦。

他居然第一次笑了，露出白白的牙齒：你還是害怕了。

我是有些怕了，我尖聲問他：你倒底要我做什麼？

他又不笑了。我忍不住說：你笑的時候挺好看的。

他低下了頭，抬起頭的時候，彷彿下了好大的決心：要你和我做愛。

男人坐回到對面的沙發上。我重新打起了精神。我心裡有了底，他就是個要和我做愛的男人。想到這個我既不怕了，也不睏了。

但我先要告訴你一些事情。

說呀。我蜷起雙腿，有煙嗎？

你原來也是這樣……他咕噥了一句，我渾身發冷。

什麼原來不原來的……再拿點酒。

男人走到一個架子邊取酒和酒杯。

架子上放的什麼呀？滿滿的。

男人不說話，回來坐好，倒了兩杯酒，掏出一個精緻的香煙盒、一盒火柴，自己先點了一根，再遞給我。煙盒是純銀打造的，摸上去綿軟、均勻、涼滑；煙很細長，我點火的時候，竟沒看見煙的牌子。

架子上放的全是書。男人的聲音隨著煙霧徐徐升起來，升到半空，漸漸隱沒在黑暗中。

這煙挺好抽的。我嚐了一口酒，酒也好。

全是你的書。這是你從前住的房子。你前世是一個男人。

我的眼皮又沉了，我放肆地打了個哈欠。

「你什麼都忘了。沒有人比你忘得更乾淨。你的前世曾是多麼輝煌呵，我必須承認，那時我有點……嫉妒，對。也真奇怪。我本來過得多好，沉醉於酒色之鄉，煩了就幹點壞事，去世間捉弄別人……哈，你又害怕了。別怕，乖。我比你更怕。」

我的眼前出現一片青綠色的雨，淅淅瀝瀝。這是我唯一可憶起來的畫面，唯一與我終日的男歡女愛無關。

「那時天上地下的人都羨慕我。他們嘴上不說，我敢肯定，你瞧他們的眼神，渾濁得像衰老的鱷魚。……除了你。」

男人的語氣酸酸的：「你是那個時代最傑出的人。你是那個國家最純潔的人。你是十歲孩童的偶像，二十歲青年的楷模，少女夢中的戀人，婦女心中的情人。這些，當然，現在看來，也沒什麼。」

男人一飲而盡杯中物。窗外，一場暴雨慘白而至。

「關於你的傳說越來越邪乎。我怎麼能心安呢，你想想，我是那個時代最惡毒的人；我是那個國家最萎靡的人；我姦淫十歲孩童，教唆二十歲青年，勾引所有十五到三十歲的處女。如果你眞的存在，就證明，是我錯了。

我裝成最美麗的婦人來接近你，我一步步走進了你的書房，就是這間房子，看，那麼大，那麼多的書。你差一點就被我收服了，你慌亂之中碰掉了一本書，你忙著去撿……之後，你看著我，眼神那麼奇怪，好像死了一樣，一點光都沒有……連我都受不了啦……

你還說，你的追求，是我不能理解的。你的眼神空洞無物，搞得我也兩眼一抹黑。我確實不能明白了。我心慌意亂，像中國版的孫猴子一樣，一仔細想事就頭疼。我黯然走到門邊，該死的好勝心，讓我忍不住就問：告訴我——

你冷冷地笑，你分明蔑視我了，你覺得已戰勝了我，自顧自點燃了煙斗，擺出你那著名的沉思的神情。我知道自己虛弱得像隻蜉蝣，本能地使出最後的武器：告訴我怎樣理解你，我就滿足你的追求。

交換法則對你充滿了誘惑。你眼中的光亮轉瞬即逝。你平靜下來，你假裝平靜下來，你說，我永不能夠理解你，因爲我沒有你的靈魂。」

這個男人一定是瘋了。我並沒有害怕。沙發的皮質很軟，我心裡有些癢。窗外的雨眞大，夜都快被雨下成白色的了。

「後來的事，除了現在的你，所有的人都知道了。這是我幹的最愚蠢的一件事，可世人說什麼我終於得逞了：，這是你做的最明智的一個決定，可有人爲你寫了大厚本的歌劇，男女老少，大小知識分子，把你祭上神壇，當作犧牲……想想看，人是多麼地自以爲是、自作主張、自作多情呵。

你要的一切眞知都鎖在地獄的閣樓裡。我不過拂去了上面千年的蛛絲。我飛快地抱著它跑回你的書房。你的臉色都急得發綠了，我卻雙眼通紅。你爲人精明，找來一個不鏽鋼天平。你把你的靈魂放了上去，指針只輕微地晃了一下，大概有二錢重。你的臉悄悄紅了，這怎麼瞞得過我。我當時琢磨著我要是吃虧就不換了，我把懷裡這本大書、你夢寐以求的、古往今來人世間眞善美的結晶放了上去。連我都發懵了，指針更輕微地晃了一下，我相信若是肉眼，將難以察覺。」

男人陷入了一個細節的末稍，專心得跟走了神似的，像一隻站在露珠上的蜻蜓。

他突然笑了一笑，止住了；片刻，又爆發性地大笑起來，笑得喘不過氣的樣子，連聲咳嗽。

「我比人們更自作聰明呵，我不惜觸犯行規，占了俗人的便宜，搶了你的靈魂就走……你知道，我可以在世間胡作非爲，但不能不講信譽，誠實魔鬼的信譽。除了商人間的互換法則，這世上再沒什麼可被當作標準的了。我破壞了魔鬼的誠實，我被罰做一個人，一個靈魂不死的人，一個痛苦至今的人——

男人猛然抬頭惡狠狠地看了我一眼：就爲了你那該死的靈魂。而你自此擁有了一個享樂的肉體。

夜已經白茫茫一片了。雨下得眞凶啊。男人不說話了，埋成一團黑影。

靈魂，我對瘋男人說，我聽說過。

你想起了一點麼，男人安靜下來，幾乎溫柔地問，從前？

我沒有過從前。我對來到春滿園之前的事情都記不清了。有時候客人問起來：你從哪兒來？我要麼開個玩笑，要麼就想一想，想到最後，我只聽見一場青苔似的雨，滿眼都是蛇皮一樣的綠。有一次，我就這樣回答了一位年輕男人。別人說他剛大學畢業。他聽了我的話，呆住了，渾身發抖。第二天，他臉紅得像發過燒，緊緊地把我拽到一個角落，說他愛我，要娶我。我說好呀，我的好人。第三天，他來的時候，老方的手正在我的裙子裡摸，正摸得我嚶嚶地叫。他一下子衝過來，臉白得像剛退燒，他指著我一個字一個字地說：你這沒有靈魂的女人——他的嘴唇薄得透明，我多想在上面輕輕吻一下。

我問男人：靈魂在哪兒可以買到？我有了它，男人們會更疼我嗎？那個大學生就不會生氣了嗎？

好一會兒，誰也再不說話。

沙發那麼柔軟，雨聲那麼好聽，我迷迷糊糊地閉上了眼。好累呀，明天跟泉姐、阿珠她們講起，她們要笑死了。世上還有這麼傻的人。

我醒的時候，雨已經小了，窗外眞的有些泛白了。我是被男人的雙手弄醒的。他的手停在我的脖頸上。我的脖子很細很嫩，被他這樣握住很舒服。他也一定很舒服。我們就這樣待了一會兒。他離我那麼近，我漸漸看清了他的眼睛，雖然美，卻沒有神。

你爲什麼不怕我？

我不知道爲什麼要怕你。

男人的眼睛有一抹亮光閃動：阿福，我們再做一次交易吧。我只有做一次賠本買賣才能贖回上一次的貪心。我要重新做一個快樂的鬼——阿福，你不能想像，背著你的靈魂做人，我是怎麼過日子的。我再也不能平平淡淡地說話了，我再也不能徹徹底底地享樂了。我掌握著這世上的財富，精神的、物質的，隨你挑。我腦中的知識足以讓我瞭解這世界，但我再也不能瞭解我自己了。你明白嗎？不，你不明白。我也不明白。這不重要。只要你答應和我做這筆交易，我就有機會明白了。

而且，男人頓了一頓，目光顯得髒兮兮的，你有了一點兒靈魂，男人們會更疼你。

我忽然覺得這個男人很煩。我想我眞的討厭他了。

我淡淡地問：做什麼交易呢？

給我你肉體的歡樂。

今天晚上，眞的有些奇怪。在我燈紅酒綠的歲月裡，我從來沒有厭惡過一個男人。老的、少的、美的、醜的，我都願意好好愛他們，讓他們舒服，給他們使用我全部的身體。我從來不曾嫌棄一條衰老的陽具，我會心疼地照料它，直到它滿意於我的愛撫，直到它回應得像酒瓶一樣堅硬。

現在，面對這個年輕英俊的男人，我卻煩了。他說了那麼多瘋話，那些話把我弄得一點慾望都沒有了。

我說：我的肉體就在這兒，只要你願意，它就是你的。我想你已經付過錢了，要不然泉姐不會讓我跟你走。

眞正的交易是有規則的。我要你心甘情願。

我忍不住叫起來：我早就巴不得做了，是你在這兒說呀說呀說得我他媽的不想了！

男人的臉色難看極了，他的手哆嗦著，使勁兒掐著我的脖子。我咬著牙不出聲，盯著他的眼睛。他的眼裡剛剛浮起的那抹光亮跳來跳去。

好！他住了手，發狠地說，來呀，來勾引我。我給你我所有的一切，只要你給我一點點……享樂。

男人躺在了沙發上，我跪在沙發前。他的身體還是那麼僵硬冰冷。我解開他的襯衣鈕扣，我的指甲輕輕劃過他的胸膛。他的身體很美。

我漸漸忘記了剛才的紛爭，變得專心致志。我的唇依舊溫暖而濕潤，印在他的耳垂、脖頸、肩骨和胸前。他的胸口長有柔軟的汗毛，我用牙齒輕輕地扯拽。他的身體慢慢地暖起來。我扯出了他的襯衫下擺。

隔著衣物，我朝他的下體哈氣，我感覺到它微微發熱了。我的舌頭更燙。他的皮帶已被我熟練地用牙齒咬開。我已經握住了它。它還很柔順，但已經長大了。

我騎在他的身上，身體裡有點像塞了一團棉花。他不夠堅硬，但我仍然無比地濕潤了。這時，我見他雙眼緊閉牙關緊咬，跟受刑似的，便好心說：好人，來，咱們換個姿勢。你坐起來，我會讓你更舒服。

他明顯地抖動了一下。有什麼東西不對了。

他的身體迅速地涼下來。

他坐起身來，直直地盯著前方，好像我已經不再存在了。我轉過頭，順著他的目光看，只看見窗外大把大把的金色陽光。

我再回過頭來看他。他的眼裡卻一點光也沒有，好像死了一樣。

他說：我明白了。肉體的歡樂，才是買不到的。

我那時體內還含著他的，再也硬不起來的，又小又軟的東西。

然後，他居然衝我笑了笑，用一種我不能理解的幸福的口吻說，別得意，靈魂也是賣不乾淨的。

我現在經常在下雨天發呆。我現在遇到想不通的事，就一直想下去，雖然總也想不明白。我還經常盯著客人的眼睛，問人家爲什麼。泉姐一見我就歎氣，老說賠了賠了。我問她賠什麼了，她說那次不該讓我出檯。我說你一次賺的錢夠買三個春滿園你怎麼賠了呢？她就像看一條小狗那樣看著我，她說客人都不再喜歡你了你知道嗎。我說那你也沒賠呀。她便生起氣來，說我比從前更沒心沒肺了。我問她我曾經有心有肺過嗎？她就不說話了，不再理我了。她最後叫人傳話說，她就當我死了。

二〇〇〇年七月

活著

我一睜開眼，就發現外面也是黑的。我幾乎馬上又要把眼睛閉上。既然差不多，我睜開眼又有什麼意思呢？同理，我閉上也沒什麼意思。我一下子就覺得挺累，從今後天天都要面對同樣的問題，雖然睜開閉上差不多，還是得決定睜開或閉上。

既然睜開眼，就得瞧著。我打量我的周圍，暗紅色的、模模糊糊的液體，正輕微地流動著。我的身體蜷成一團，頭正對著進出口。這個姿勢，在我醒轉之前，彷彿已停留了很長時間，我並不舒服，但沒有辦法改變。我敏感地意識到，這就是身不由己。那女人常常這麼說。不過，只用了一會兒工夫，我就習慣了任何不由我決定的姿勢，並在這個姿勢下平靜地生活。按理，她活了這麼多年，也早該習慣了。但她兀自嘮嘮叨叨：人生在世，身不由己呀……這使得我對她的世界，漸漸失去了好奇心和信心。

那個女人還常常隔著肚皮，用手輕輕地摸我。有時侯她的動作類似我周遭懸浮的那些東西，暖乎乎、濕漉漉的。後來我隔著肚皮，陪她聽了很多電視劇以後，知道那暖乎乎、濕漉漉的東西也叫「溫情」。連續聽了三部電視劇以後，我認爲，總的說來，這個叫溫情的東西沒什麼大意思，多了就想吐。那個女人就老吐。吐的時候，電視劇裡的一位老奶奶正在教訓孫子；你太不懂事了，你媽當年爲了生你，受了多少苦……那女人聽了這話，吐得更起勁兒了。我的意思是，有點誇張，好像吐給我聽似的。也許我錯怪她了，她可能是吐給旁邊的男人聽的。那男人一聽見她吐，就慌慌張張跑過來：阿青，怎麼樣？好點麼？來，我扶你坐下……等他們坐在了沙發上，男人用他的手隔著女人的肚皮摸我，衝著我說：你這小傢伙，眞不老實……其實他是說給她聽的，爲什麼拿我擋一下呢。我渾身發麻，因此我稱這種感覺爲：肉麻。

我很快又學了一個詞：虛僞。我是跟這個叫阿青的女人學的。她總給一個叫阿藍的女人打電話，說那男人「當面一套背後一套，眞他媽虛僞」。她說的時候咬牙切齒的，我想虛僞眞不是一個好詞。可阿青從不當著男人給阿藍打電話。每天男人一回家，阿青總是笑著說：寶貝你回來了。然後他們一起吃飯。有一次他主動在飯桌上提起了阿藍。他說：哎，你猜我今天碰見誰啦？你那挺格色的同學，阿藍，自個兒在商場溜達呢。阿青說：你們說話了麼？他說：打了個招呼，我請她有空來玩兒。阿青說：請她幹嘛呀，她那人神神叨叨的。他說你們原來不是挺好麼？她說：那麼回事唄。不過她也挺可憐的，一個人……話說回來，她自作自受……聽到這兒，我覺得阿青也很虛僞。但她畢竟是供我吃供我住的女人，雖然這不是我主動要求的，我還是不願用一個壞詞來形容她。我覺得自己也變得虛僞起來了。

吃飯的時候，男人不停地夾菜在她碗裡，他說：你得多吃維生素；你得多吃高蛋白。這些話他是對她說的，但我明白這次他是爲了我。然後一些黏稠的東西就糊裡糊塗湧到我嘴邊，不管我願不願意，它們一股腦地進入我的身體。身不由己，反正我也習慣了。從睜開眼的那一刻起，我就討厭吃飯。每次不僅要把它們吃完，還要仔細地把它們拉出去。新的飯來了，舊的飯還在胃裡，更舊的、被拉出去的飄在我身邊。我終日重複這個動作，住在這個邊吃邊拉的時空，不吃不拉的時候，我就花了很大的力氣來考慮吃和拉的意義。我的結論是，它們很有意義。我不停地重複它們，靠它們來確定和打發時間，如果它們沒有意義，那我活著就沒有意義。如果活著沒有意義，那我爲什麼沒有死去。我既然沒有死去，那我肯定還願意活著。既然我願意活著，我就得願意吃和拉。這樣想了以後，即使我不餓，我也不再抱怨他們源源不斷送進來的食糧。而當我餓了的時候，食糧變得香甜，一想到連吃這種古怪的有意義的行爲都會具有美好的一面，我就覺得人生也不是一件那麼難打發的事了。

男人和阿青吃完飯，就坐在一起看電視劇。在上下集的空檔，他們偶爾聊幾句天，通常是罵剛看完的那集。他們的話、表情和動作跟電視劇裡演得差不多。我奇怪他們爲什麼罵和他們相似的人。更多的時候，在等下一集來臨之前，他們不怎麼說話。男人抽一根煙，阿青削一個蘋果，吭哧吭哧地嚼著，直到下一集開始。她盯著螢幕盯得那麼專心，以至於蘋果裡的一條蟲子溜進了她的牙縫。蟲子的屍體被她的胃消化成一堆黏稠的東西後，再次和著蘋果渣兒湧入了我的嘴。

男人和阿青總是定時做很多事情。比如吃飯，再比如每隔一段時間，大約五、六頓飯的工夫吧，從我腦袋正對著的進出口，就會伸進一個愣頭愣腦的傢伙。它衝我打聲招呼：嗨！我說：來了。看得出來，它其實挺想跟我交流，可一直沒什麼機會。它在進出口進進出出，節奏越來越快，時間越來越短。我這輩子剛睜開眼的時候，那時它腰板硬朗，每次大概進進出出幾百下，我活了半輩子以後，每次它進進出出幾下就癱了。癱之前它依然絕望地噴了我一臉。我不怪它，我知道它和我一樣身不由己。每次即將離開之際，它沒精打采地向我說聲：撤了，拜拜。我說拜拜，明兒見。我想它對於自己終日重複的這個動作，肯定也進行過一番思考，一番意義層面的追尋。我想和它談論的就是這件事。我想問問它的眞實感受。但現實就是如此，一開始它停留的時間很長，那時我們本來有條件談心的，可我們還不熟，彼此打量、試探、摸底。由於它親眼目睹了我的生活窘態，無可奈何地倒掛在那裡，而我也親眼目睹了它的機械人生，它最終的軟弱，我們逐漸建立起某種信任。可這時已經來不及了，它連剛進來的時候也是軟的了，它如今只待片刻就走。它淚眼汪汪地瞧著我，連說話的力氣都快沒了。最後一次，我鼓足勇氣衝它喊：喂，告訴我你這樣快樂嗎？

不——知——道……它進出了三下，分三次回答了我的問題。這次它一滴淚也沒流，就默默地消失了。

它不再出現後，我才開始反省，爲什麼一開始我們沒有眞誠相待。我隱隱覺得，這種錯過是無法挽回的。我做得不對，爲什麼我做得不對，我怎樣才能做對，我做對了又怎樣，我眞的做得不對麼，我怎麼可能做得不對……一這麼想下去，我就頭暈腦脹，由於空間狹小，頭一發脹就疼。平時我是不怎麼動彈的，頭疼時我不得不撲騰幾下，稍微扭扭身子，試圖掙扎一番。

這時候阿青就捂著肚子，跑到衛生間去吐，直吐得臉色煞白。我不喜歡頭疼，也不願阿青臉色煞白。這對我們的身體都不好。追問如此傷身，折騰幾次後，我權衡利弊，慢慢地就不追不問了。

時光靜靜流逝。黑乎乎的時光。我吃得越多，拉得越多，我的身體越來越大，我正在變老。阿青和男人說話越來越少，偶爾說的都跟我有關。我聽到的最多的詞是「將來」和「上學」，還有阿青常說的「胎教」。第一次聽見她發「胎教」的音，我還以爲晚間新聞開始了，她的語調像足了每晚那個新聞大姐的語調。上學是怎樣的我不得而知，但我很快就被「胎教」了。房間裡充斥著一種甜膩膩的聲音，阿青對男人說：必須開發寶寶的音樂天賦。從早到晚，那甜膩膩的聲音糾纏著我的雙耳，直搞得我神經衰弱。我甚至破天荒地踢了阿青兩腳，想跟她商量：咱別聽了行麼……這時阿青很興奮地說：瞧，寶寶有反應啦！哎，將來肯定是個音樂家……

自從她開始實施胎教，我的日子就變得痛苦不堪。一想到「上學」是跟「胎教」差不多的玩意兒，我對他們稱爲「將來」的東西也不再抱什麼指望了。

我知道他們想讓我瞭解他們的世界，可我連自己存活的世界都還不瞭解，儘管我已活了不短的時日。根據以往的經驗，每當我試著瞭解什麼，如果不是一無所獲，就是存在著頭疼的危險。二者選其一，我想大多數同類都不會選頭疼。我和他們一樣，是塊平凡的肉。在我剛睜開眼、剛意識到生命的時候，我也有過不少出格的念頭。比如我才是自己的主人，我思故我在之類的。但現實很快教育了我，我保持著倒掛、懸空的姿勢，就像是我主動要求的一般，久而久之，我覺得這並不難受，只要我願意，我甚至可以說我很舒服。當然，我也可以對此保持沉默，不置可否。不像阿青，阿青總是發出一種表示舒服的叫喚，當男人把他的它伸進她的裡面、我的外部空間。作爲她身上的一塊肉，我知道她有時並不舒服，她即便不舒服也要表個舒服的態。比起阿青，我覺得自己夠自由的了，我若仍舊喋喋不休地抱怨，實在也太不知足啦。何況，想到我死後即將進入的他們的世界，那時對一切都要表態，還要上學，還要看電視劇，還要罵電視劇，更覺得此生相比之下，還是人道得多。我眞寧願就這麼一直待在阿青的體內。

門鈴響了。透過窺視鏡，阿青看到一個年輕小夥子，拿著個筆記本。隔著門阿青問：什麼事？三〇三，查水錶。

門吱呀一聲，我聽見小夥子重重的腳步聲邁向廚房，他清脆的嗓音撞擊在不鏽鋼鍋擦得錚亮的表面上，煞是好聽：麻煩您挪一下洗滌靈……謝謝……二……七……五十八……減去……

多少錢？

您稍等……

忽然間，我感到一陣暖流滾滾襲來，幾乎把我打暈。我是在水中呼吸的，這些日子以來，我周遭賴以生存的液體越來越稀薄，溫度越來越低。我聽到外界（對我來說，外界就是電視）人們在大聲呼籲改善環境，說外面空氣乾燥，沙塵漫天。我學著人們的模樣，也向阿青提出過抗議口號，阿青從來不予理會。她只知道抱怨她的外部空間：這天怎麼是黃色的呀……她說了很多回，也沒人理睬過她。正當我以爲全球沙漠化進程是不可避免的，像往常一樣，身不由己，我只好慢慢去習慣的時候，滾燙的甘泉洶湧而至。

……三十八塊三毛八。小夥子算完帳，愉快地抬起頭，望著女主人。

我大口大口地呼吸著泉水，跟著女人炙熱的身體走向臥室，皮包拉鎖滑翔得很順暢，她的手指窸窸窣窣碰到十塊十塊的零錢。輕微停了二分之一秒，她抽出一張一百的票子。我們回到廚房。

一百的？唉，我剛找出去一堆零錢……小夥子爲難地說。順著女人的視線，他的右手伸進右側褲兜，抓出花花綠綠的一把紙幣，一百的、五十的、兩塊的、五毛的、一毛的。他低頭查看它們。

女人的視線依然滯留在小夥子的褲兜，之後緩緩向右飄移，落在中心。

我周圍的液體叫囂著，翻滾著。

您能不能再找找……他抬眼問。

女人平緩地解開襯衣的第二個鈕扣。第三個。第四個。手伸到背後，撥開胸罩的暗鉤。她的乳房因爲懷孕變得更加肥胖和沉重。她坦然平視前方，以至於看不清男人的臉。就在她的手再次伸到背後，觸到裙子清涼的拉鍊時，砰地一聲，一口不鏽鋼鍋被飛身逃離的男人碰翻在地。

女人平緩地解開襯衣的第二個鈕扣。第三個。第四個。手伸到背後，撥開胸罩的暗鉤。她的乳房因爲懷孕變得更加肥胖和沉重。她坦然平視前方，以至於看不清男人的臉。她很自然地伸出手臂，拾起對面男人發冷的手掌，平放在她溫暖的胸前，像一位寬容的母親。男人中邪一般跪下來，頭緊貼著她的小腹，順從而安詳……

……像一位寬容的母親。男人沒有跪下。男人呆了一瞬間，狠狠地翻轉她的身體，像扭動一個玩具娃娃的腦袋。她失去平衡，即將跌倒，他凶殘地拯救了她，扶住她的腰，拽起她的胳膊，把她的手按在管道煤氣的罩台上。黑乎乎的油污沾滿她的雙手。他笨拙而堅定地從後面撩起她的裙子，精確地、毫不遲疑地揷向一個孔道，儘管這並不容易，他受到阻力，他變得更加堅硬，使出百折不撓的勁頭……

她發出一聲淒厲的慘叫。

我無法瞭解她的感覺。我只聽到旁邊，一個與我咫尺天涯的地方，他一次次猛烈地刺入她。因爲我不是她，她快樂還是痛苦，我也不知道。誰也不是她，誰也不知道。她是她，她一定知道麼？她一定是她麼？

您能不能再找找……他抬眼問。

哦，哦。阿青慌忙收回下垂視線，無可挑剔地禮貌地一笑：您稍等一下。

阿青回到臥室。我周遭的液體在沒有方向的流動中慢慢冷卻。阿青裝模做樣地翻動皮包，最終掏出了三十八塊三毛八。

好嘞，正合適啊。小夥子顯然很滿意這個結局。再見。他帶上門，禮貌有加。

您能不能再找找……他抬眼問……她看著他……

他們是在床上操的。我根據我的傾斜度來判斷阿青的姿勢：她平躺著，雙腿分開成六十度角，微微抬起，與床面成三十度。她如此潤滑，他沒有費絲毫的氣力就把它伸了進來。它活潑、俊俏、粗壯、年輕、有力。它不講禮貌，也不跟我打招呼，就埋頭苦幹。我感到我的空間一陣陣發顫。阿青沒有發出聲音，她咬著牙不讓自己發出聲音，只源源不絕地流淌。忽然間，它劇烈地抖動，噴出一股熱流；而在我的身後，一股更凶猛的暗流撲來，它們迎頭撞擊，匯合在一起。我從未這麼自由地呼吸過，我暢快地吸吮這歡樂的水。

他們花了很長時間，躺在那裡，喘氣。阿青的身體在慢慢收縮、變硬。我感到她很想換一個姿勢，但她一動不動。四周安靜異常。

她突然動了。她坐起身，飛快地披上外衣，套上裙子。一陣忙亂之後，她漸漸停下來，平靜而陌生。她緩緩走到客廳，倒了一大杯水，小口小口地、不間斷地喝。喝了很長時間。喝完了，她手裡依然握著那個空杯子。一個帶印花的普通的玻璃杯。

小夥子已穿好衣服，愣愣地站在過道，目光落在鞋架上方的一隻紅色涼鞋。鞋跟處沾了一圈乾癟的泥土。昨天傍晚下過雨。

阿青的手臂在空中劃了一道僵硬的弧線，她的手中攤開兩張一百的票子。

他以極慢的速度收回落在紅色涼鞋上的目光，他沒有忘記剛才掉在地上的水費登記本。平靜而陌生，他往外走。他拉開門，頓了一下，回轉身子。他走向她，抬起右手手臂，接住兩百塊錢。

他右手把錢交給左手，他再次抬起右手，給了她一記耳光。

我睡得越來越多。我越來越不想動彈。阿青也越來越不想動彈。我們常常靜靜地守候窗前。外面嘈雜不堪。日復一日，我吃、喝、拉、撒、睡，再也沒有陌生朋友進來看我。阿青除了吃、喝、拉、撒、睡，就把手放在肚皮上，現在我們幾乎能夠彼此觸摸。

在這些昏昏沉沉的時日裡，我無事可做。既然對將來我不抱什麼指望，我就開始研究歷史。我們血肉的世界是以圖像來記錄過去的，猩紅色的四壁塗滿了曲折的殘痕。我與過去共處一室很久了，但直到最近我才產生了瞭解它們的欲望。或許因爲，我已感到老之將至。

我有過一個姐姐。我算了一下時間，那一年阿青十八歲。姐姐活了三個月，最後被搗成肉醬，被一支細細的冰涼的吸管吸走。十五分鐘，吸得乾乾淨淨，姐姐徹底消失了，但是壁上刻下一道永久的褶皺，醜陋而艱深。

只要我睜大雙眼，就可看清壁上還有無數條細密的皺紋。每一條都有一個故事。我看見從前這裡曾是一片汪洋。許多的浪花終究摔成了泡沫。曾經有華美結實的大船揚起潔白的帆。曾經阿青幻想就這樣飄向海的深處。而我現在只是一塊頑固可笑的礁石，四周已經枯竭，潮水只留下黯淡的回音和影子。過去皆成殘骸，我在殘骸中寂寞地打發日子。

阿青和男人的生活幾乎一成不變，我已失去向外張望的欲望。偶爾，我感覺阿青想和我說點什麼。隔著一層皮，她的手就在我的身上游走。也可能她只是沉溺在自己的冥想之中。有一天她正長時間地輕撫她的肚子，目光渙散，忽然直起身來，把自己脫了個精光。她赤條條走到穿衣鏡前，打量鏡中的身體。

那是一個多麼莫名其妙的東西呀。從我的角度看上去，它同樣倒掛著：一付骨架支撐著青白色的贅肉，紅腫的小腿，下垂的屁股，纖細的胳膊，碩大的乳房，中間是一個龐大的鼓脹的肚子。

在這個畸形的醜陋的滑稽的東西內，另一個東西蜷縮著，倒掛著，同樣的畸形、醜陋、滑稽。那就是我。在我已看清了我們的世界之後，我才看清了自己的模樣。

阿青冷靜地瞧著我們，她的手輕輕摩挲著我的腦袋，口中喃喃自語：快了，快了……

我忽然感到一陣強烈的恐懼，似乎阿青正在把她的身體和命交給我，似乎我就是阿青。

快了，快了……

我的時間不多了。我即將離開此地，人生就會開始。所謂人生，不過是把我所知道的過去重活一遍。對此我雖然不感興趣，卻也無計可施，身不由己。我曾有過一次自殺的念頭，但很快就放棄了。因爲那一天電話響了。我一聽阿青的口氣就知道是阿藍。阿青說：你瘋了你都第五次了你以後還想不想要孩子了……你別傻了你都快三十了你還圖什麼……你不對男人狠你就對自己狠呀……唉我陪你去吧我正好去做個B超明天八點半……

我聞到一種特殊的氣味，這讓我很害怕。我聽到許多女人的聲音，有哭聲，有笑聲，有慘叫，有沉默，有回聲。這是我第一次看見阿藍。她一瘸一拐地從一個房間裡出來，下嘴唇有兩個深深的牙印。阿青走上前，緊緊地握住她的手。

我們歇會兒再走吧。阿青說。

那去外面坐吧。阿藍虛弱地回答道。

兩個女人來到醫院門口的草坪。那天的陽光異常的溫暖。她們在乳白色的長椅上坐下。阿藍的臉色在金色光線裡更加蒼白，嘴唇卻變得鮮紅。她的頭髮有些凌亂，眉眼細長，眼角有一道皺紋。不知爲何，我覺得她很美。

還疼麼？阿青想問卻沒有問。

她們很久沒有說話。

你做過B超了？男孩女孩？阿藍說了第一句話。

女孩。

女孩好。阿藍說。

我喜歡女孩。過了一會兒，阿藍輕輕地加上一句。

阿青什麼也沒說，她淚流滿面。

二〇〇一年十一月十二日

皇帝老師

1

要說牛皇帝在歷史上可是大大的有名。當然，其事故正史上是不必寫的。野史上呢，好像也未見分明。一位先人教導過我們，讀史要讀字縫。要向這位先人學習呢，不僅要讀字縫，還要留意上下左右大片大片的空白。所謂空白，空即是滿，白即是黑。中國人嘛，所有的玄學哲學都必須實用起來。

牛皇帝爲了做個好皇帝可算是鞠躬盡瘁。從小熟讀《四書》《五經》，倫理常綱倒背入流，吟詩賦詞不在話下，天文地理也略知一二，算是當時典型的知識分子。爲了追求完美他還特地長得風度翩翩，以便騷人墨客們眞心頌吟。更難得的是，在身爲天子，天下唯我獨尊的情況下，他到十八歲還未曾對宮女們動手動腳。這樣的君子皇帝簡直四千年也碰不到一個呀。牛皇帝的臣民們不知是哪輩子修來的福氣，直羨煞後世臣民也哉。

卻說牛皇帝他媽馬太后卻有點爲兒子著急。據她安插在皇上身邊的心腹反映，皇上連娶了兩年的皇后都沒御過。馬太后著了慌：哎喲，小牛不會得什麼病吧？他怎麼一點不像他老子那麼生猛？要是將來生不出雄崽，豈不要立那小賤貨的兒子的兒子爲帝？（小賤貨大名是陳貴妃。）立別人的兒子的兒子爲帝倒不打緊，萬一我這皇太后的地位也成了別人的……想到此，馬太后急忙起床穿戴，慌慌張張跑出門，然後儀態萬方地出現在兒子前。

皇兒！馬太后無限恭敬慈愛地：您正値青春好年華，總該懂一點風月之事，俗話說少壯不努力老大徒傷悲啊。再說您身爲天子，責任重大……眼見四下無人，馬太后湊近兒子耳語道：性冷淡什麼的是外國蠻夷玩的，咱可沒這傳統喲。說完，偷偷塞給小牛一卷冊子，衝兒子擠了擠眼，又儀態萬方地消失了。

過了段日子，還是全無動靜。馬太后招來貼身佞臣：驢公公，最騷的春宮畫也沒用，你給出點主意吧。可憐驢公公對男女之事不能身體力行，出的主意不過是灌春藥、實地演習、奏淫樂等傳統項目。太后歎了口氣：也只能死牛當活牛醫吧。

一場春風沉醉的家宴，牛皇帝和皇后沐著春風，喝下三杯烈性春藥酒。席未散盡，皇后便仰面躺下，大呼我要我要！皇帝則一頭趴在地上，衝著身後的侍衛撩起黃袍，露出潔白如玉的屁股，高呼幹我幹我。馬太后一邊花容失色，一邊放下心來，原來如此，沒什麼大不了的。

2

後宮中，帷幕半掩。馬太后嗔怪地說：皇兒啊，不是娘多嘴，這種事您也擺不平，怎麼能服人心呢？自古皇帝收幾個孌臣，這不是天經地義的事兒嘛。只要深明大義，時不時御皇后嬪妃一下，弄出個繼承人不就結了。

牛皇帝幽幽地：太后有所不知，孩兒情況比較特殊。

馬太后沉下臉來：什麼情況特殊！不就是御與被御的關係嗎？御人者治人，御民者治天下，自御者出家為僧，受御者永世稱臣。該怎麼做，您看著辦吧！

牛皇帝癡癡地托著腮幫子，半晌，眨了眨大眼睛，歎了口氣：太后放心，孩兒曉得了。擠出這句話後牛皇帝立刻鬆快了：孩兒去上朝了呵。

馬太后點點頭，慈母心腸地：皇兒走好。哎，別忘了開朝第一件事，把那無德無行的皇后廢了。

牛皇帝嬌嗔地嚷了一句：人家知道啦！

出門後，牛皇帝先拐了個彎，一路小跑跑回寢宮。他仔細掩上門，抽出床邊備好的絲綢，細緻如微地撕成碎片，然後像上班族那樣對鏡端詳一番，自憐自愛地上朝去了。

3

很多很多年之後，大概有千年了吧，N城重點學校初二年級的劉志遠老師正在進行一場小考。學生們埋頭書寫，教室裡安靜之極，外面的熱氣一進窗就變得清涼，散發著考試和黑板的味道。

初夏的午後，陽光照耀著窗外的操場，白晃晃的一片，混雜著零星的叫聲和哨子聲。本來坐在講台旁的劉志遠起身踱到窗邊，有一個班正在上體育課。天一熱，體育老師就圖省事，給女生發一個排球，給男生發一個籃球，自己跑到一邊乘涼去了。籃球場上，男孩們跑得滿頭大汗，跨籃背心下露出的奔跑的身體，有的強健有的孱弱。有的胳膊肌肉發達，黝黑的發亮的皮膚，汗涔涔的，在籃球架下優美地跳躍，把圓滾滾的橙黃色籃球送進球網。有的胳膊蒼白纖細，小巧可憐的骨頭，被人一碰就摔倒在地，柔嫩的皮膚蹭在粗糙的水泥地上，掀起塵土與血污……

劉志遠砰地一聲關上窗戶，暗暗吸了口氣，緩緩踱回到講台邊坐下。教室裡徹底地靜下來。他不怒自威的眼神冷冰冰地掃射了一圈，所有的頭都乖順地低著，露出頭頂稚氣的旋。

劉志遠一絲不苟地端坐著，對於監考老師考試的時間是凝固的時間，對於學生這時間飛逝如電。還剩最後二十分鐘了，憑著多年的經驗，他嗅到了小動作的聲音。肯定有學生在互遞眼神，他按兵不動，假意抄起本書翻看，兩分鐘後，透過眼鏡片和攤開的書頁，瞥見一個小紙條在空中飛舞。牛小明！你給我出去！劉志遠發出了連自己都吃驚的斷裂的聲音：還有你，張翼。

那天下午，牛小明和張翼在教室門口站到天色將晚。他們的父母都很懂事，絲毫不為自己的孩子辯護。他們一個勁兒握著劉志遠的手，連聲說：劉老師，您做得對，您批評得對。有您這樣嚴格的班主任，我們就放心了。

那天晚上劉志遠回到家，仍然餘怒未消。他的妻子華敏不敢多說話，早早上床睡去。劉志遠坐在書桌前，面對妻子沏好的一杯茶和整夜的燈光。

4

他在書桌前的坐姿就像在講台前一樣，嚴肅認眞，一絲不苟。他面前的備課稿規整地攤開，鋼筆灌滿了墨水，綠茶微微地冒著熱氣。他正對著窗戶，窗簾拉得嚴嚴實實，他背對著床，床上睡著他的妻子。他沒有退路，除了這樣挺直身板，低眉俯首地坐著。他才是被監考的學生。

但誰能知道我在想什麼呢，他偷偷一樂，像小孩子幹了壞事兒似的。他臉上依然神色莊嚴，這麼多年來，許多念頭只是在他心底苟延殘喘，它們都上不了台面，變不成表情、行動和語言。

和許多個夜晚一樣，劉志遠神色莊嚴，深夜還在備課。他的書桌設在臥房，他把燈光調得很暗。書桌放在哪兒，對他們一室一廳的住房是個難題。客廳既有電視機，又有偶爾的客人，還有飯桌的油膩味，華敏列舉了這三條理由，堅持把書桌放進了臥室。

劉志遠的胳膊肘搭在桌上，手指緊握著鋼筆停在備課本的紙頁上，在緊閉的窗簾和熟睡的妻子之間，他在姿態上沒有絲毫的鬆懈。這並不妨礙他心亂如麻。這個時刻是他一天中最放鬆的時刻，在此刻他允許自己胡思亂想，回憶剛剛過完的這一天，或者剛剛過完的這十年。

居然敢當著他的面作弊！今夜劉志遠出奇地煩躁。一定要杜絕作弊風氣，弄套懲戒方案……但自己不能再失態了，叫聲嘶啞……其實張翼沒有錯，是牛小明給人家扔條子。牛小明，這個孩子怎麼就不學好，每次訓話，他都低眉順眼，一副老實樣，誰知道他在想什麼。他頭上的旋是青白色的……劉志遠更加煩躁了，他又聽見零星的喊叫聲，籃球場上，一個瘦小的男孩被撞倒在地，纖細的胳膊肘脆生生地敲在水泥地上，潔淨的皮膚被弄疼被弄髒，泛起一道道血痕……倒在地上的小男孩抬起臉衝他粲然一笑，那張臉赫然是牛小明……

5

兩個小時前，兩米遠的地方，華敏最後看了一眼丈夫挺直的背影，掉頭轉身，在床上擺出熟睡的姿勢，閉上眼開始想心事。這是她婚後養成的習慣。有時她覺得自己的生活只有黑白兩色，白天在白色的病房穿著白色的制服給人端水送藥，晚上就在黑暗中想她黑暗的祕密。

丈夫高大健壯，一表人才，無惡習（賭、酗酒），不沾花惹草，賺的錢都交給妻子。這在N城，不，華敏想，在全世界都算是好丈夫吧。他很忙，常常備課到深夜。她每天幹完活兒也很累，常常很早就上了床。夫妻生活不多，基本上一個星期一次，就像周末電視台得辦台晚會一樣，準時，天經地義。每次他們都關上燈，在黑暗中丈夫的手臂伸過來，她的手臂就伸過去。他會很快地摸摸她的乳房，一左一右，不偏不向，這時候她必須集中精力，因爲很快他就會壓在她身上，可好幾次她下面還是乾乾的。她覺得很不好意思。這種情況下丈夫的態度總是讓她心懷感激，丈夫會離開她的身體，替她說一聲累了吧早點睡。而這時，她就完全地濕潤起來，丈夫卻已翻過身睡了。這時，所有白天她在病房瞥見過、觸摸過的男人，都褪下了藍條的病號褲。他們奇形怪狀或醜或美的身體都虛掉了，只剩下生殖器，她給每個病人想像的生殖器，短的長的粗的細的灰的紫的軟的硬的老的幼的，橫七豎八，張牙舞爪，彌漫著淡淡的腥臭味，清晰地在她眼前飄浮和腐爛。

她在黑暗中靜靜地濕潤著，噁心著，起伏著。她的呼吸均勻，睡態安詳。

6

華敏想辭職的時候，習慣性地徵求丈夫的意見。劉志遠跟妻子說話經常不自覺地帶有老師的口氣：你護校畢業，沒什麼專長，打算找什麼樣的工作？華敏說：我聯繫過了，有家醫療儀器公司願意雇我做推銷員。什麼醫療儀器？減肥儀，豐乳墊，跑步機什麼的。劉志遠對妻子的先斬後奏顯然不太滿意，哼了一聲：你要滿城跑來跑去求那些胖女人買那些蠢機器？華敏猶疑了一下，說：如果去，主要是跑外地，跟廣州各大商場聯繫。

之後一切迎刃而解。劉志遠那幾天對妻子格外體貼，主要表現在熱情洋溢的鼓勵之詞。華敏很快辦妥了辭職手續，與儀器公司簽定了試約合同：賣出去多少提成多少，賣不出去公司分文不付，賣得好有獎金和提拔。

華敏在內衣裡拽好錢，背著一大捆產品介紹和小型樣品，登上了南下的火車。透過車窗華敏看著丈夫，做了個「你放心」的口型。劉志遠寬厚地笑了笑，做了個「你放心去吧」的口型。火車開了，劉志遠還站在那兒，華敏忍不住伸出手衝丈夫搖擺，劉志遠也伸出手臂擺了擺。火車很快開遠了，丈夫的身影模糊起來，華敏搖擺的手緩緩停住，順勢縷了縷額前的頭髮，像小孩子離家去春遊，頭髮被山野的風吹亂時，那樣說不出地輕鬆愉快。

火車開遠了，劉志遠揚在半空中的手臂順勢落在上衣兜裡，掏出了煙。他點燃一根，原地不動地抽完了這根煙。站台上的人群正推推搡搡，大呼小叫，臨別痛哭，熱烈歡迎。只有在人群中獨自一人他才覺得安全，他抽著煙，覺得抽掉了身體的重量，身輕如燕，孤單地、輕快地飛起來，越過了萬頭攢動的車站。是他去遠行而不是他妻子，劉志遠露出孩子與小人結合的笑容。他不用再終日面對另一個人吃早餐和晚飯，不用再下了班賴在辦公室不走，他可以在喧嘩的人來人往中自由地飛翔。

7

牛皇帝的名聲此時已如日中天。現年他二十八歲，已有二子一女。他的第二位皇后儀容端莊，婦德可嘉，深受人民敬重，並率先生出一子，爲下屆皇帝配備了最佳人選。馬太后如今潛心與方士們研究長生不老術，不再過問兒子的事了。

現在說說牛皇帝爲什麼大大的有名，當然不是爲了御不御的事兒。自古上等人腰部以下的器官是爲了腰部以上的事業服務的，中下等人才會顛倒過來，所以翻不了身。牛皇帝貴爲天子，熟讀經書，自然是上等人，用腰部以下器官服務了幾回，添了子嗣，舉國上下一片讚譽之聲。之後牛皇帝一門心思治國，二十年間天下興旺太平，史稱「牛逼中興」。文人們乾脆合著了一本辭典，用牛皇帝的親身事跡解釋枯燥的名詞，龍顏大悅，於是全國人民人手一本，大街小巷莫不交頭接耳，廣爲傳誦。這一方法注重實踐效果卓然，後人多有借鑒，特此摘錄幾條以供觀瞻：

勤奮——無論節假日，聖上天天上朝，下了朝直奔書房學習先人之道。

虛心——聖上已如此英明，仍堅持學習先人之道。（文人們注：令我輩汗顏！）

節儉——聖上大量裁減後宮嬪妃，省下黃金十萬兩。

大公無私——省下的黃金十萬兩，聖上大力發展軍事。

民族英雄——即聖上。發展軍事之後，北方大破匈奴，東部收復日本朝鮮，一次性擴大我版圖五千萬公頃，大滅他人志氣，大長我雄威。

法制——聖上嫉惡如仇，眼裡容不得沙子。通姦者滅九族，嫖娼者滅九族，強姦者消滅姓氏，全國與罪犯同姓者，斬。

活學活用——聖上進一步完善儒術，說出了孔子沒來得及說的話，寡婦不可再嫁，違令者剁陰陽頭示衆。同時聖上敢於變通，有破有立，鰥夫也不可再娶，違令者罰金十兩。

新潮——聖上首創男女罪人平等學說，對鰥寡一視同仁，對嫖客娼妓也一視同仁，廣大婦女無不感動得熱淚盈眶。

安全意識——爲了人民的幸福與安寧，聖上善於自我保護，每年選幾百名壯士大力士進宮，以護龍體……

除了這些當時功效顯著的業績，牛皇帝還爲後世的旅遊業作出過傑出貢獻，堪與秦始皇媲美。牛皇帝下令修建的皇家圖書館，比北京圖書館還要大，比大英博物館還要考究。從南到北分爲春夏秋冬四宮，宮與宮之間有花園相通。四宮中百來條迴廊曲徑通幽，樓閣是上等楠木的，書架座椅全部用紫檀木打造。建造途中累死了不少能工巧匠，還有不少貴族死後睡不了楠木棺材，但大家毫無怨言。誰能埋怨愛學習的皇帝呢？

8

華敏南下不久，劉志遠被評爲了區級優秀老師，他所帶的班級被評爲了區級優秀班級體。學校領導和老師們、學生家長們提起此事，總用一句話來概括：嚴師出高徒。入校十年來，劉志遠視校如家，每天第一個來最後一個走。一開始有的老師還風言風語，什麼假積極啊，表現給人看啊，但時間無疑是最好的檢驗。時間說，劉老師不僅是眞積極，而且從不爭名奪利。比方說，即使領導都出差去了，劉志遠辦公室的燈光依然是最後一個熄滅，有看門老大爺爲證；又比方說，劉老師及其愛人與另一單身老師合住了三年，隔布簾而治，夫妻生活極不方便，然而劉老師從無怨言，並主動讓掉了一次分房機會，直到後來學校廣收自費生後經濟好轉，建起宿舍新樓全體教職員工人手一套時，劉老師才得以入住新房。

劉老師是個好老師，連最愛挑錯的學生們也這麼說，就是太嚴了。嚴還不好！最寵孩子望子成龍的家長們如是說。

人人敬愛的優秀教師劉志遠現在是初三一班的班主任。奇怪的是，華敏走後，劉老師回家的時間倒提前了。大家也很寬容，總得給人家買菜做飯的時間啊。關心他的人還注意到，劉老師最近睡眠不好，每天早晨臉色都是鐵青的。當然，關心他的人又說，這肯定跟操勞過度有關。離中考只剩下幾個月了。初三一班的學生們一個個像上好弦的鬧鐘，綳得緊緊的，時刻準備著。劉志遠就是負責上弦的人。

9

這一天，皇后一起床就開始了等待。先用新鮮人奶浸泡身體，又用朝露潤濕了頭髮，紫羅蘭色的絲綢昨天精心薰染過，此刻披在身上，若有若無，幽香奪魂。她赤裸著纖纖玉足，走到床榻邊，姿態優美地躺下。宮女們輕輕地垂下羅帳，退了出去。這時才剛剛是正午，離夜晚還很遠。

悄無聲息。周圍悄無聲息，等待悄無聲息，她在絲綢下的身體悄無聲息。這是她進宮當娘娘後的第一百二十次等待。每月一回，皇帝臨幸，如此過了十年。她每次都早早地準備好，躺在床上像一片薄玉。他來的時候也是悄無聲息，她只覺得身上一涼，絲綢被扯到一邊。她假裝睡熟過去。她知道他在看著她，審視她，或許仇視她。一想到他目光中的寒意，她就迅速地濕潤了。不知過了多久，她就會聽到絲綢的斷裂之聲，越來越急越來越淒厲，當絲綢的碎片落滿她的身體，一個說不上硬也說不上軟的東西便快速插入她體內，抽動片刻，很快留下一灘液體，再迅速地退出。她繼續等待，等待他的離去，等到一切完整地沉寂下來。她知道他走遠了，她浮起蜜一樣的微笑，移動她冰涼的手指，指甲順著胸口緩緩往下滑，滑到那片張開著不知所措的地方。她熟稔地揉捏著，體味著，在一片潮濕中尖細地呻吟。

這一天，皇后在羅帳中昏昏沉沉地回味和嚮往。這一天，皇上沒有來，頭一次也是最後一次違背常規。

10

按照禮節，今天是臨幸皇后的日子。牛皇帝下朝後直奔圖書館夏宮，坐在他最心愛的椅子上，被他最心愛的夏天看的書所包圍。他望著窗外花園婆娑的樹影和玲瓏的月光，忍不住心頭火起，罵了一句娘希皮！（牛皇帝是南方人。）來人！他任性地尖叫了一聲。

剛被選爲壯士進宮的劉志遠接到聖上召書，立時穿衣整帽，跟隨宣旨的小公公來到夏宮。劉志遠被帶進一間書房，房門被帶上。他雙手垂於膝上，低眉順眼，開始了等待。

半個時辰過去了。一個時辰過去了。這劉志遠本是洛陽一潑皮，因生得五大三粗，力大如牛，被鄉幹部舉薦爲壯士，選入宮中。從小到大，從未在書房呆過。這會兒只覺得四壁皆書，又要叩見皇帝，不免憋得慌。

吱呀一聲，門開了，一位年輕清俊的公公端著茶水進來，在劉志遠面前擺好，謙恭地說：

壯士，請用茶。劉志遠用茶的時候，公公便半跪下來給他捶腿。劉志遠十分地不適，可這是在皇宮，得按皇家的規矩辦事。公公捶腿捶了一盞茶的功夫，起身作揖道：請隨我來。

劉志遠跟隨公公穿行於曲曲折折的走廊，一邊心跳一邊想，遲早得過這關。走廊裡沒點蠟，全靠公公手裡的燭台。燭光影影綽綽，越發襯得公公青白色的手腕灰慘慘的。牆壁上兩個影子一小一大，一前一後，忽明忽暗。

公公終於在一道門前停下，推開門說：壯士請。劉志遠往門裡一瞅，立刻呆住了。

11

這天下午，學校領導特地找劉志遠談話，先是表揚，後是無微不至的關心，然後重申了升學率的重要性。這關係到學校的名譽啊，領導語重心長地拍了拍他的肩，小劉，還有那些自費生，花錢讀書容易嘛！人家肯把孩子託付給咱們，咱們得對得起人家。這也關係到我校的經濟建設啊。校長您放心，我保證一班的升學率達到百分之百！

立完軍令狀，劉志遠臉色更加鐵青。就知道錢！他忿忿地在心裡罵了一句，踱回到教室門前。正是午後自習時間，學生們低著頭，做全神貫注狀。劉志遠在門口站了一會，假意離開，走到後門通過門上的小窗戶繼續觀察。

從後面看去，一顆顆低順的頭顱像一顆顆青澀的冬瓜。漸漸地，有幾顆不再挺立，耷拉下去，趴在桌上睡著了。這自然需要一個過程，劉老師已經在後門站了二十多分鐘，一動不動，雙腿發麻，才發現了那幾個胸無大志的懶學生。

嚴勇、李書江、陳朝華、牛小明，你們放學以後留下來。

聖旨一下，四個學生的頭嗡地一下，再也沒有了睡意。

12

天色漸漸暗下來，操場上的人也走光了，只有風吹樹葉的聲音。間或聽到砰地一聲門響，又有一個女老師鎖門離開，高跟鞋清脆地穿越走廊，下樓，漸遠，消失。牛小明站在空蕩蕩的辦公室，頭腦一片空白。他只記得另外三個人，嚴勇、李書江、陳朝華，都被訓了一通後大赦回家了，然後劉老師也出去了，然後他在這兒站著，站到四周完全地安靜下來。他的腿站得酸痛，這安靜越發讓他的腿發軟，軟得可以飄起來。

13

浴池邊環繞著鍾乳岩般絢麗流彩的山石，隱隱迴響著天籟之聲。星星點點的燭火顫悠悠地抖出些暗影，水面上紛紛揚揚的紫玉花瓣被水蒸氣團團裹住又散開。公公的聲音飄浮如歌：皇上賜浴，請。劉志遠腿一打顫，差點兒沒站住。

公公的話如水滴滴落，珠珠晶瑩：皇上素喜潔。不浴不可親睹龍顏，請。

劉志遠覺得自己被當成了大姑娘。大姑娘的意思在那會兒就是身不由己。滿室的溫香讓他猛地打了個噴嚏，天可憐見，他只喜歡聞紅燒肉的香味。他完全被弄懵了，任憑公公握住他的手，牽著他來到一塊石台邊。他呆坐在那兒，就像一頭牛呆坐在電影院。

公公開始幫他解衣服。他本來穿得很嚴謹，脫起來就並不容易。公公非常地耐心，劉志遠更加耐心，他早就暈了，走神了，任其擺布。他感到又細又涼的指尖觸到他胸口的皮膚，他想起第一次嫖過的姑娘也是這樣認眞地解他的衣扣，他那時心急如火，一把推開她，撕爛自己的衣襟，除下底褲，撲到她身上開始幹……公公的手指已經移到了下面……那個姑娘成了他的相好，沒過多久，他沒錢了，偷了她僅有的首飾跑了……劉志遠忽然一陣發冷，他赤條條地坐在石台上，眼前，公公正半跪在地上，給他除去鞋襪……他是個無賴，是個潑皮，他知道。他跑了以後常想起那姑娘，她是那麼地柔順，沒有人那麼對待過他，哦，還有老娘，是的，就她們兩個對自己好過，所以他對她們是最狠的，只有這樣才會平息他的怒火，洗淨他從小受過的欺凌和冤屈……他越想越恨越委屈，這周遭的華美就像他的親娘和姑娘，都是他不能理解、不能容忍、與他無關的事。他居然就這樣被扒了個精光，等待下水，那個公公正背對著他趴在池邊，伸手試水溫。公公轉過身來，慘澹地一笑，悄聲說來吧，他的眉目是那麼清秀，語調是那麼謙卑，呵，這也讓人無法容忍。他一下子硬了。

劉志遠閉上眼，水潤滑無比，像一陣暖風，鼓蕩著他的仇恨與慾望。它們在他體內竄來竄去，馬上就要衝破他的身體。水花喧嘩，就像巫婆在曠野裡哭喊。公公已悄然退回到門邊，一步一回頭，癡望了一眼，打算出門。此時一個聲音響起：公公也來浴吧！劉志遠被自己嚇了一跳，他一晚上沒說話，幾乎忘了自己沙啞粗糙的嗓音。他本來想說一句請示的問話，沒想到話一出口就變成了粗魯的命令式。公公的臉像海邊的天空時而陰雲密布時而朝霞萬丈。你丫怎麼又哭又笑的，過來！劉志遠無法控制自己的舌頭。公公也無法控制自己的腳步。他已回到池邊，他正在遲疑，就一把被劉志遠拉下了水。

14

牛小明站得已經忘了自己在站著。透過辦公室的窗戶，他看見屋外一片漆黑，對面的樓像一幢鬼影，只有一扇窗戶亮著燈。他忽然有個奇異的想法，他覺得有人在看著他，就在他身後。他不敢回頭。他毛骨悚然。這時他眞希望劉老師出現，雖然他怕他怕得要死。

劉志遠靜靜地站在門口。他眼前是牛小明瘦弱的背影，白色的襯衣被汗水浸濕，有一小部分貼在背上，印出了脊樑的形狀。頭髮短而柔軟，耳朵紅紅的，輪廓纖細。牛仔褲在他身上顯得又沉又重……

劉志遠叭地點了一根煙。牛小明如釋重負，甚至有一瞬間的喜悅，劉老師回來了。

劉志遠走到自己的辦公桌前坐好：看什麼呢，轉過來！

牛小明費勁地挪了一下麻木的腿，側過身，正對著辦公桌。辦公桌的高度正好到他襯衫的下擺。剛才的喜悅已經消失殆盡。牛小明忽然覺得，這世上最大的恐懼，就是單獨面對劉老師。

初一他還是好孩子，初二那年起，他就變壞了。也就是那時候起，劉老師開始當他們一班的班主任。他因爲調皮、作弊、遲到、早退、上課睡覺，不知道被罵了多少回，罰站了多少次，還曾有一個月班裡的衛生全由他打掃。同學們都幸災樂禍，家長也心疼，他卻沒感到怨恨。他像一個少見的懂事的孩子，但又偏偏總是犯錯。他憎恨上課，但他從未逃學，他不知道爲什麼每天要堅持去上課。每次劉老師點落後分子的名，若是僥倖沒有他，他竟然若有所失。彷彿只有點他名，才是對他的重視。他常常和別的同學一起留下來聽訓，他總是低頭盯著腳尖，時不時就瞟見前方兩隻擦得很亮的大皮鞋，踱來踱去，有時露出淺色襪子，有時露出深色襪子，有時看不到襪子。他想劉老師肯定是四十二的腳，他覺得他穿深色的襪子好看。每次訓話的時間就這樣過得很快。結束的時候，眼前四十二的腳消失了，周圍的人散去了，牛小明孤零零的，想到又要回到苦口婆心的父母面前，覺得一陣厭煩。他多麼希望訓話一直繼續下去呵。

然而現在，獨自一人面對劉老師，他卻感到從未有過的恐懼。等待他的將不是訓話，他忽然抬起頭，驚恐地睜大眼睛。劉老師魁梧的身軀正聳立在前方，巍巍如一尊鐵塔。

15

牛皇帝呆呆地坐在書房中。他的一生，從未有過這樣的迷狂。那個最卑賤、最粗魯、最醜惡、最沒文化的漢子就那樣突然一手反擰住自己的雙手，一手揪住自己的頭髮，就那樣凶狠地插入……他的疼痛，被溫熱的水撩得滾燙。他看見那些紫玉花瓣呈現出決絕的淒美，像一個正在被蹂躪的絕代佳人……

現在，牛皇帝望著四壁的書和窗外精緻的花園，巨大的恐懼在心頭彌漫開來。以後可怎麼過呢？他忽然覺得坐在椅子上的身體越來越小越來越虛幻，馬上就要被周遭沉重的物體吞沒。

來人！——他使出所有的氣力，發出氣若游絲的一聲叫喊。

16

來嘍！一盤炒麵！——老闆娘熱氣騰騰地招呼著，從大鐵鍋中盛出滿滿一盤，輕盈地扭動身軀，把麵放在客人桌前。不要點啤酒？老闆娘幾近嫵媚的聲音。劉志遠聽見自己伸出一個虛弱的手指：一瓶。

劉志遠吃著麵，喝著啤酒，像往常一樣，即使在油旺旺鬧哄哄的小吃攤，他也保持著他應有的坐姿和吃相。他比往常更仔細地吃著麵，更謹慎地喝著啤酒。他很餓，也很累，他剛剛在黑暗中奔跑。從學校出來，他跌跌撞撞回到家中，一進門就鎖好了房門，一進屋又插上了插銷。他在最熟悉的椅子上坐好，面前是他的書桌。他沒有開燈。不用開燈他也知道，書桌上鋪滿了備課稿，學生作業，輔導計畫。這些東西，塡充了他全部的時間，他拚命地塡充自己的時間，不讓自己有一絲的空閒……妻子也是塡充時間的一部分。妻子走後，他開始後悔讓妻子走。

他從未如此恐懼。面對弱不禁風的十四歲的牛小明，他完全被恐懼壓倒了。他咒罵自己，爲什麼沒讓他和別的學生一起走，爲什麼把他留下來，爲什麼躲在門外看，爲什麼又走進去坐在他面前，直視他窄小的身體。恐懼，無聲的無邊的恐懼，如此強烈以至於他居然把它忘了，不明所以。他像中蠱一樣站起身來，眼皮底下，咫尺之遙，男孩柔軟的鼻息，頭頂上小巧的旋，額前幾縷被汗水浸軟的頭髮，濕漉漉的……他看見自己伸出去的手，沒有知覺的手，無助地伸向那幾縷頭髮，濕漉漉地……無助的手，突然遭遇一雙驚恐的眼睛，手絕望地失去控制，在空中改變了速度……

他擰亮檯燈，他要看那些備課稿，它們將是他生活和事業的證明，讓他安心。燈光下，他瞥見自己的手。他猛然起身，打開一道道房門，跑了出去。

春末的晚風美好得讓市民紛紛出門。繁華的大街上滿是安詳悠閒的人們。老人們在街頭小憩，女人們手裡牽著孩子，叮叮噹噹的自行車歡快地掠過，情竇初開的男孩一臉長大了的幸福，後座的女孩羞答答地用手指拽著男孩的衣角……

再一次，在人群中劉志遠感到了安全。妻子走後，每天一下班他就跑到鬧市區，找個角落坐下。他喜歡傍晚這虛幻的無端的熱鬧。獨處總讓他忐忑不安，與人對面而坐更讓他恐慌。他最安全的時刻，是在人擠人的場合被人群淹沒，就像現在。他奔跑的腳步漸漸緩下來，無數陌生而溫暖的人影，正從他身邊穿過。我和你們一樣，劉志遠輕輕對著人群吐出聲音。他越跑越慢，他不再奔跑，優美地完成了動作轉換，他的腿終於像平時一般，邁出了和緩的莊重的步伐。

這個晚上，街上有許多散步的人，表情大抵是慵懶的、滿足的、看不清的。劉志遠混在其中，誰也不能把他從人群中辨認出來。他散了好一會兒步，覺得餓了，就找到平日常來的麵攤，和氣地說：一盤炒麵。

17

萬歲萬歲萬萬歲！滿朝文武百官跪拜一堂，齊聲高呼，磕完頭一抬臉，眼裡全閃爍著激動的淚花。

今天是牛皇帝三十歲壽辰。據說，歷史上還從未有過如此眞心誠意的賀壽。這樣的明君眞是千古絕唱啊，旣動不動就征戰四方，使得武將們都有立功晉升的機會；又動不動就和文臣討論國事，絲毫不被後宮美色所迷。雖然對男女出格之事懲戒得過於嚴格，但可見天子好德超過好色，並且以身作則，大家也就沒什麼怨言。

天色已暗，夜涼如水，牛皇帝好不容易等來了晚上。他散去隨從，獨自來到圖書館夏宮的後花園。花園的花開得出奇的茂盛，每一株底下都埋著一位壯士的屍骨。他走到正中間的一株前。那是一株鮮紅的芍藥，只開了一朵花，大如銅盆，正鬼魅地囂張地笑。

牛皇帝也笑著，柔聲說：你還好嗎？我每天都在想著你。失去你我肝腸寸斷，我下令殺你時，差點在衛兵前哭出來……說到這兒，牛皇帝有幾分哽咽，但終於強作笑容，面孔如雨打梨花：這兩年我不敢來看你，我怕控制不住，可我是天子啊，我是人上之人，我的責任感太重了……阿劉哥，我活了三十年，只有你給過我歡愉，我是你的！別的人，我只不過給他們脫過衣服，看過他們洗澡，而你……牛皇帝不禁羞紅了臉：冤家啊……你去了之後，我怕你寂寞，把那年抓的三百名壯士全斬了，讓他們陪你在陰間說話。但你可不能亂搞哦，你是我的，不能負我！爲了你我再也不召壯士進宮了，我只要你一個……唉，我不能再說了，我得走了，還得去拜見太后，還得去御皇后，這都是規矩，娘希皮！別了，我的愛，Would you kiss me forever……

牛皇帝俯身輕輕地吻了吻那朵芍藥花，眼淚撲簌簌地掉下來，打濕了鮮紅的花瓣。

18

領導對劉志遠：我理解你的心情，但怎麼也不能對學生動手啊！怎麼向家長交代呢？

牛小明的母親對校長：我要告你們！打得孩子頭破血流，現在還裹著紗布呢！

牛小明對父母：你們要再逼我上學，我就自殺。

牛小明的父親對牛小明的母親：算了，人家賠了藥費，其實老師也是爲了小明好。說來說去，都是你把孩子慣壞的。我看反正今年他考不上高中，按學校說的，休學一年吧。

領導對劉志遠：這樣也好，少了一個害群之馬。現在你要集中精力抓成績，離中考還剩兩個月了。

19

華敏回來的時候已是秋天。劉志遠滿面春風地在站台等她。

怎麼樣？一路平安嗎？

挺好的。你怎麼樣？

挺好的。貨推銷得好麼？

不錯，跟幾家大商場簽了供銷合同。你呢？

也不錯，我今年的升學率百分之百，評了個市級優秀教師，發了三千塊獎金，咱們晚上去飯館吃吧……

劉志遠幫華敏提著包，兩人相挽著走出站台。華敏覺得丈夫像是變了一個人。他們相互依靠，在熙熙攘攘的人群中親密地走著。華敏說先不回家吧，在外面多走一走。劉志遠點點頭，他很久沒這麼輕鬆了。走吧，走吧，他想，反正還有那麼多路要走下去，他們將走成一對白髮蒼蒼的老夫老妻。他想像著那情景，忍不住笑起來。

二〇〇〇年五月七—十六日

有感於多起教師虐待學生事件而作

愛情沙塵暴

一

1

故事是這樣發生的：從前有一個新北京，新北京橫著一條新大街，新大街豎著一塊新招牌，新招牌下唱著一支新樂隊，新樂隊前還站著那堆老人——反正來聽搖滾的人，雖沒減少，更沒增多，就是那批閒雜人員。閒雜人員們聽完了音樂，有的喜歡有的不喜歡，這無關緊要。緊要的是，大家是把藝術當 party 對待的，體現了久違的末世情懷。party 上必須喝酒和交談，到了一定地步（喝了一杯聊了兩句），閒雜人員們就專業地掏出了專業的名片。從前管人家要電話的多，現在是主動給，決不強求，即使碰到美女俊男。這說明大家在交往中越來越民主越自戀越自強，最大的心願就是高聲發表自己的意見，愛聽不聽是別人的事，打不打電話都沒關係。如今漂亮女人滿街飛舞，有型有款（主要靠服飾和汽車襯托）的男人遍地開花，並且在遇到你之前都經歷過五十八次戀愛，怎麼指望還能有一見鍾情的心情呢。最多是交換電話以後，發展速度比較快而已。

所以我和羅列的故事，剛一發生甚至還沒發生時，就已經老掉牙了。唯一值得一提的是，我們是閒雜人員中沒有專業名片的，我們的電話寫在了煙盒上，有即將被扔掉的懸念。但這也沒什麼，港台電影對此細節早就煽過情了。

那麼還有什麼呢，關於我們的第一次相遇。除了那夜令人髮指的悶熱。搖滾樂手們揮汗如雨，幹著體力活兒，閒雜人員們像狂吃了一頓麻辣火鍋，喘著粗氣兒要上一堆冰啤酒。酒吧老闆爲春夜提前表現出的悶熱笑成一朵花，隨之而開的花還有已穿起吊帶裙肚臍裝的姑娘。

羅列和一大桌人坐在一起，我和兩個朋友走了過來，因爲認識那一大桌人其中的兩個。酒吧裡幾分熟的人相見總是分外熱情，因爲太熟的人坐在一起總找不到話說。我們坐了下來，我剛好坐在羅列身邊，要不然我現在的情人是對面的老李。我和我右邊的人說話，他和他左邊的人說話，所以我們一開始沒說話，卻知道了對方是幹什麼的。在某一間斷處，他微微側過身來，問我拍什麼樣的照片。我說什麼樣的都拍，除了風景靜物。那就是拍人物？差不多吧。話題到此中斷。他又側過身去，我一時沒有人說話，就拼命地抽煙，周圍的人也有些沉悶，眼光瞟著別處。旁邊的桌上四個女孩砸金花砸得正起勁兒，她們個個如花似玉，目不斜視，皓臂狂甩，對剛才燥動的搖滾樂和現在覬覦其容顏者全然無動於衷。

我把酒一口口喝乾，又耗了十分鐘起身要走。這時羅列重新側過身來：走啦？哎，給我留個電話吧。行啊，寫哪兒？這兒吧，他瞥見了煙盒：我也給你留一個吧。

我絲毫不覺意外。出於禮貌出於功利出於好感出於習慣，我們這樣留過收過的電話號碼數以千百計。走出酒吧時，我包裡多了四張名片，兩張是剛認識的人遞過來的，兩張是難得一見的朋友塞到我手裡說以後一定要多見的。還有羅列寫下名字號碼的煙盒，煙盒裡只剩下兩根煙。外面的風裹在臉上，像一床熱烘烘的老棉絮。

2

「衆所周知……」播音員大姐一臉正氣……

衆所周知，衆所周知是一個衆所周知的詞。那天晚上我在電腦上打出這句話，抽了一根煙，就睡覺去了。我發現酒吧生活就像衆所周知一樣。衆所周知，這眞沒什麼好寫的。

第二天清晨，老實說，是上午，我起床後對著窗外灰濛濛的天氣，抽掉了煙盒裡最後一根煙。煙盒當即被扔進垃圾袋，垃圾袋當即被扔進垃圾道，掉在樓下的垃圾場。一位看不出年歲的黝黑的婦人正在仔細查看，她身材結實瘦小，符合拾破爛者的傳統形象，便於鑽進塔樓一角低矮的垃圾之門。她穿著藏藍色的秋衣秋褲，赤腳套著稍有些肥大的軍綠膠鞋，背著籮筐，用鐵杆和右手檢閱此樓居民的生活。輪到我的袋子：泡爛的方便麵殘餘、蘋果皮、牛奶袋、大量的手紙、兩個小青島瓶、一個精子發霉的安全套、兩個空煙盒。她取出青島和煙盒。青島該去回收站，煙盒癟掉了，只配去廢紙收購站。羅列的名字和電話號碼將被機器碾得粉碎，混入一鍋黏乎乎的紙漿，加工成潔白無字的新紙，再被寫上另一些名字們和電話號碼們。

拾破爛的婦人拾起有用的垃圾後，背上籮筐，一搖一擺地去別的樓檢閱別的人家的生活了。我的垃圾袋中那個精子發霉的安全套，被她毫不吝惜地拋棄了，可見她分不出良莠，沒什麼水平——假若有位小說家路過這片垃圾，其收穫定然有所不同，尤其是明眼的言情小說家，一眼就能看出兩個青島酒瓶和一個安全套的關係，並再生成一篇或數篇小說。看來體力勞動者和腦力勞動者確有著質的不同，前者看重物質，後者看重物質的抽象關係；前者將廢紙變成白紙，後者在白紙上寫字讓白紙重新變成廢紙；前者重新把廢紙變成白紙，後者再重新……（我不能再寫下去，否則有賺稿費之嫌。）

何況，酒瓶與安全套的關係是經典性的、可重複咀嚼的。縱然已有千百萬人寫過酒色不分家的故事，這並不妨礙我，作爲一名腦力勞動者，就地取材，再寫一遍，寄給一家《××青春月刊》。我樓上住著的那兩個形跡可疑的女孩買了翻了，精神愉悅後就把月刊看成了物質，撕下來幾張擦桌子。桌子擦乾淨了，紙很髒，就被扔進了垃圾道。

樓下，拾破爛的婦人遇到了印有我寫的小說的那幾張紙。婦人一眼看穿，這都是垃圾，不過還行，可以賣錢。應該聲明，她的眼光是物質的、功利的，不足取。不過，也是唯物論的，啤酒與性的關係，終究會變成物質，而物質最終都是垃圾。所以腦力勞動者說，精神第一，精神永存。

3

喂？

喂，小川嗎？哎，你好，我是羅列。我們前幾天在發克酒吧見過……

哎，你好，你好。

你好。是這樣，我想問你這幾天有沒有空，我想請你幫我拍幾張照片。

羅列的名字和電話號碼去做物質循環的工作後，羅列出現了。首先是聲音，通過現代電流響起，聽起來成熟穩重，禮貌大方。然後是意圖，合情合理。我們約好兩天後在天安門廣場見面，下午三點，旗杆南面的欄杆中心處。

我們的電話比較成功，三點可能有的尷尬處都處理得很自然。羅列按照 FUCK 酒吧的招牌

「發克」發出了fuck的音，既維持了初識男女在白天用詞的謹慎，又避免招致個別人對中英文並用的無理反感；我說「哎，你好你好」的時候，既不太驚異又不太平淡，語調圓滑得恰到好處；最後約定地點時，由於廣場十分廣大，我們不得不研究了一會兒細節，這種情況有兩種發展趨勢：一是雙方正經的意圖在細節討論中露出不正經面目，好比兩個人第一次做愛碰巧在冬季，一樁經過鋪墊自然而然的事因爲毛衣秋褲變得不自然起來；二是互無惡感初次見面的一對男女在細節討論中變得親近，好比互無惡感交往一年的一對情侶看見櫥窗裡一隻漂亮的鍋甜蜜地相視一笑就決定結婚了。

「旗杆南面，哎呀，我沒什麼方向感……」

「你是南方人吧？」

「對呀，但在北京很多年了。」

「但一眼就能看出來，四川人？」

「重慶，我們獨立了。」……

由此可見，我和羅列在研究見面地點的細節中，加深了瞭解，增進了友誼。

羅列告訴我南面就是衝著人民英雄紀念碑。

其實我稍一想想就知道。

所以我們的第一次電話，開頭像辦公，談生意開門見山，一句你好就進入實質。進入實質後我們的電話像歌廳包廂，先生初遇今晚的小姐。先生是有文化的人，小姐也念過書，目的越明確，越需要一個緩衝過程。在主題先行的前提下，先生小姐繞開了主題，談論南北方的天氣。

在這世上，我們要學習的就是，透過本質看現象。

對於同一個電話，電話接線小姐想的是6分28秒×每分鐘0.5元＝3元。人家透過本質看本質。

4

這麼說，羅列沒有立即扔掉寫有我名字電話的煙盒，而是在扔掉之前把名字電話轉移到另一張紙上。但我有些懷疑這種假設，萬一電話號碼是假的呢，萬一接電話的是個男人呢，萬一我不是我呢。更大的可能性是，他對我略有好感，主動拿起煙盒，或者正要扔煙盒時瞥見了名字電話，他正無聊，聊勝於無，就打了這個電話，萬一發生那三個萬一，就把煙盒扔掉。

多麼可怕，和一個寫小說的人睡覺。二〇〇二年的這個夏夜，羅列正躺在我身邊，神色安詳，呼吸均勻，雙眼緊閉，此刻他是我在這世上最親密的人，當然造成這一事實的外部因素不能忽略。但我還不能說外部因素是什麼。好多好多大師們說，小說必須製造懸念。這肯定是至理明言，因爲它噎住了我張開的嘴巴：在我和羅列之間，一點懸念都沒有。

廣場上只有一個太陽和幾條黑影。兩天前灰濛濛的天色一下子消失了，太陽重新盤據在天空的中心位置，變本加厲地顯示出惡毒。可我們又沒招它，我們也不喜歡近來北京常有的灰暗天氣，我們歡迎明亮溫暖、適可而止的太陽。然而太陽十分小氣，身爲萬物之主表現得像個小邦的國王，一得勢就照得我頭頂生煙，眼前一片白茫茫。

下午三點十分，旗杆南面的欄杆中心處，一片白茫茫中我隔著墨鏡，直視人民英雄紀念碑。我遲到了十分鐘，也可以說早來了二十分鐘。鑒於北京的交通情況，半個小時以內的遲到都是約定俗成、天經地義的。我背靠著發燙發亮的欄杆，想不起羅列的模樣。他好像一切都比較中等，不俊不醜，不胖不瘦，不精不傻，不高不矮。這讓我沒有後悔此行。跟看上去出格的人交往，是十八歲做的事。

這樣的約會我們都經歷過很多次了。保守主義就是經驗主義，按照最保守的估計，我們也會發生點什麼。

因爲太陽是如此烈，廣場是如此大，紀念碑是如此挺拔。穿透我的衣衫，我知道一個男人將向我走來。

對不起對不起……男人是跑來的。

5

一九八〇年，一個男人帶領他的家人來到天安門廣場，其自豪、莊重程度類似順治帶領清國遷都北京。這個男人那年五十歲。那年五十歲的人大多一事無成，活下來就不易了。男人身材高大瘦削，走路時昂首闊步，背著手，很有些風度和威嚴。一個女人三個孩子緊隨其後，滿臉的興奮，手腳卻老實乖覺，只有眼珠子在骨轆轆地轉。男人只管向前走，女人和孩子們無限信任地跟著，跟到廣場中心。他停下腳步，他們停下腳步。男人衝一名小販招招手，和氣中更顯威嚴。女人的嘴唇動了動，又悄悄合上，嚥下了「多少錢」幾個字，隨即女人舒展開欣慰的笑容。就是，錢算什麼！五個人頭頂太陽，腳踏廣場，面衝紀念碑，背對帶頭大哥畫像，一齊綻開笑臉，咔嚓！

一九八〇年的夏天，我的爹娘經過爲期兩年的艱苦奮鬥，終於實現了從偏遠地區遷入首都的宏偉目標。這一壯舉，充分體現了我國一個普通家庭熱愛自由、爭取進步的積極精神，從而從根本上解決了偏遠地區局部地區貧困落後的面貌。當然，「根本上」指的是心理上。弗羅依德教導過我們，心想事成。

從現實出發，偉大的首都北京更加徹底地顯示出我家的貧困落後與渺小。即使多年以後，一位京城顯赫家族的子弟一往情深地追憶八十年代初某飯館的正宗烤鴨，哀歎世風日下，鴨味不再時，我仍然十分氣短，笑容虛僞尷尬，竭力掩飾自己的無知。飯館正宗北京烤鴨！這哪裡還是一隻鴨子，是所有的繁華與奢望，是我少年時代夢想的體面呵。

廣場如水銀一般亮白，一片灰影在天際倏忽飄過，我幾乎不能肯定。我唯一肯定的是，一條人影。

6

對不起對不起，高速上出了車禍。

什麼樣的？

前後掛上了，沒事兒。你什麼時候到的？

我剛來。

羅列背著個包，穿著白背心牛仔褲，光頭刮得亮錚錚的，笑容頗爲憨厚，雙手提著兩瓶礦泉水。他遞給我一瓶，我們一起靠在欄杆上，眯起墨鏡後的眼睛。

光線太強了，得等會兒。

這天兒也眞奇怪。

那天的廣場彷彿就我們兩個人，廣場的龐大使我們感覺親密而弱小，烈日當頭，我們有點暈頭暈腦，同仇敵愾，性別不明，沒有任何初次約會可能出現的尷尬。我們一直在聊天氣，這個冬天莫名其妙的嚴寒，這個春天沒頭沒腦的炎熱，還有越來越頻繁的灰暗天氣。

簡直不像北京！我以老北京的姿態發言：北京氣候雖然不好，但以前天天是大太陽，天也是藍的，現在……哎，你是哪兒人啊？

我也是四川人嘛，他用四川話說。

老鄉嘛，我用我僅會的四川話發音，又改成普通話：你什麼時候來的？

九一年。

一直畫畫？

對，也做點兒行爲。今天請你來就是拍一個行爲，特簡單……

羅列打開背包，半蹲在地上，開始往外掏。我只看見一條紅色的、橡膠質的東西，正從羅列的手中往外伸展，一群人猛地撲將過來。廣場如平整均勻的水面，忽然浮起千百個水泡和旋渦。終於出現了戲劇性！戲劇性的意思就是荒誕，同時我們這些閒雜人員的無知完全暴露出來，即使人家耐心解釋了半天我們還在傻傻地問：什麼萬虛功啊，沒聽說過。

某些人把我們帶至某個地方，在某個地方某些人神色肅穆，眉頭微皺。那條紅色的、橡膠質的東西被攤開，是一個可以吹成西紅柿的大氣球。羅列包裡還有一個綠色的長條氣球，可以吹成黃瓜。

沒有茄子啊，我特別愛吃，我一邊暗暗地想，一邊和某些人一起聽羅列講述他的計畫。室內安靜無比，與人家莊重的表情相比，羅列的計畫聽起來十分輕薄無聊。

我打算鑽進特製的西紅柿、黃瓜，在廣場中心滾動，再繞場一圈。

爲什麼呢？人家沉思著輕聲發問。

這是一個行爲藝術，名叫「環保七號蔬菜科」。

爲什麼呢？人家善意地打聽。

爲北京的環保事業盡一份力。

爲什麼呢？

什麼爲什麼呢？

爲什麼要在廣場呢？

爲什麼不在廣場呢？

好了好了，頭頭模樣的人家發話了，我們一向尊重藝術工作者，但請你們理解我們的工作，目前大量萬虛功成員死不悔改，來廣場搞破壞，你們的行爲，很容易被別有用心的人利用。另外，如果你們眞心熱愛一個清潔美麗的北京，歡迎加入我們的青年志願團。每周一、三、五凌晨，二、四、六傍晚，打掃長安街。

7

二〇〇二年春夏之交的傍晚，十八點二十七分，我和羅列坐在京城一家烤鴨店中，如老友一般隨便地點菜，不時交換會心的眼神。我們的關係已經有了質的飛躍，那簡直是性交也不能比肩的。一隻烤鴨吧？還是半隻？半隻半隻，我不愛吃烤鴨。你不早說，我們換地吧。不用不用，我喜歡吃素，點點兒蔬菜就行。

與一個陌生男人吃飯通常有些不好把握。飯館燈光總是很明亮，面部缺陷一覽無遺，吃口菜抬起頭，目光相對，總得說點話。話不能太輕佻，也不能太嚴肅，嚼著雞爪談藝術和顫悠悠地夾住塊豆腐聽表白，都不是好時機。

可我們已經不是陌生人，已經有了共同的記憶。作爲紀念，我們點了一大盤涼拌西紅柿黃瓜。我們相對而視的眼神有了內容，一時無話，眉眼含笑，反而顯得親近。我們很快地吃完飯，我們在一起又不是爲了吃飯。十九點四十分，走出飯館，我們心情舒暢，意猶未盡，他很自然地走向他的老吉普車，我很自然地跟著。他沒有多問一句「我們去哪兒坐坐」，我也沒假裝要打車回家，這完全是沒必要的虛僞生分之舉。我們都滿意於兩人之間的局面，孤男寡女，怎肯就此罷手。

上車後，他才一邊啓動，一邊自然而然地問：去哪兒？

二

1

現在可以說說青島瓶與安全套的事。酒與性的關係是不言自明的，我所需提供的只是時間、地點和人物，事件早就一清二楚了，或者說，到處都在發生，與你們遇見的一樣，在咱們預料之中。

前面說過，青島瓶與安全套已經被我利用過一次，成爲一個叫做〈午夜狂奔〉的東西，發在一家女性青春月刊上。此月刊稿酬頗豐，人家之所以付我錢是因爲我成功地將形而下轉爲形而上，適當地抒了一下情，隱晦地點了一下性，並且只有兩個錯別字。而我之所以對青島瓶與安全套念念不忘，完全是因爲我已經被形而上下的問題搞糊塗了。

只有酒能說明我的意思。自從曹操用形而上的詩歌描繪了杜康這個形而下的東西，還有尼采的酒神什麼的，酒這傢伙就永遠形而下不了了。單單提起它我的語句就沒那麼通順了，看得不耐煩的人只能去倒杯酒，像我現在，盯著眼前的電腦和酒杯，想著如何復述那天的故事。

酒精究竟起了多大作用是我的疑點，我因此想不好是用銘心刻骨的語氣，還是用吊兒郎當的調子。另一個當事人丁恐怕也拿不準。丁是典型的嗜酒如命者，嘴邊的話是：都在酒裡。其行動當然有所區別，我們不僅喝了酒，還幹了別的，並且分不清在一起是爲了喝酒還是爲了幹別的，哪一項是主題哪一項是節外生枝。

我們相識於飯桌上，我去的時候已經有一群男人女人歡聲笑語，眼睛瞟著走進包間的我。寶貝你可來了，齊齊及時地高聲媚叫，我由此融爲包間中的一員。補充一句，我的女朋友不多，因爲她們太喜歡稱女孩爲寶貝。

我迅速環顧了一圈，除了齊齊和她男朋友，我誰都不認識，正好。那個時候我正心情煩躁，需要喝酒。類似的情況下我的經驗是，通過液狀載體，最終我會很激動，熱情洋溢，跟每個人抬槓，看每個人都順眼，說些平時沒想過的事，像我清醒時覺得傻的人那樣，大談總結性哲理。

何況，那晚的男女們都抱有同樣的心情，客觀上起到了推波助瀾的作用，主觀上大家齊頭並進，風雨同舟。

2

男有五：甲、乙、丙、丁、齊齊的男朋友（以下簡稱齊男）；女有三：齊齊、李月、甲的女朋友（以下簡稱甲女）。我進門的時候，座次如下圖：

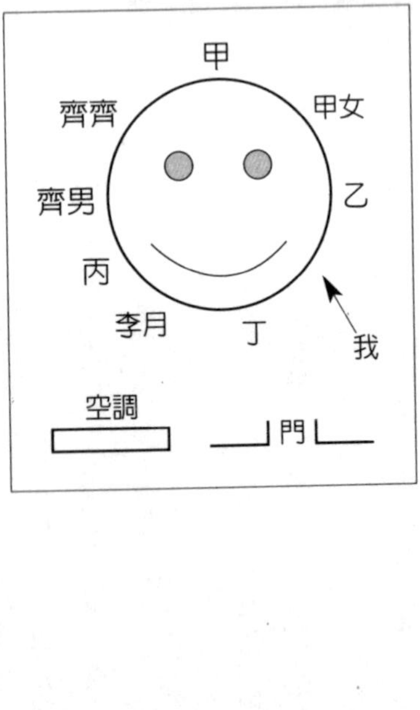

我於是坐在丁和乙之間：三男二女交叉而坐，局面一清二白。

講故事必須介紹人物，這一點可以引用齊齊的原話。齊齊先嚷：倒酒倒酒。乙快速給我倒了一杯燕京啤酒。齊齊接著發布：哎，我介紹一下，（對大家）這是小川，搞攝影的，也寫小說。（對我）甲，作家，這是他女朋友；乙，倒賣人口的；丁，無業遊民，你們得聊聊；李月，名記；丙，奸商。

我依次點頭微笑。因爲晚來，我當了幾分鐘靶子，被開了兩個玩笑，和甲乾了一杯酒。我表現得比較豪爽大方。然後衆人轉了話題，說起一件文壇吵架的事，甲和乙表現得比較激烈，齊男說的話有點傻。丙微笑著莫置一辭，我猜他是書商。李月發表了意見，市井味兒的精闢，大夥兒都樂了。丁沒說話，跟著笑笑，吃菜抽煙喝酒。甲問丁的意見，丁說隨便他們整唄。齊齊提起最近一部電影，她剛一張口就招來駁斥，乙一言以蔽之：那傻×已經完了，太臭了。這回衆人皆隨聲附和，沒有不同意見。

甲女問：加點蔬菜吧？目光轉向我：要嗎？我說不用不用。乙衝我舉起杯：來，喝酒吧。又衝著丁：來。我們三個碰了一回。

丙講了一個黃色段子，他那張老謀深算的臉因此有點猥褻，挺直接，不太逗，但大家都笑起來。齊齊的笑聲最尖。李月緊接著說：我給你們講一個吧，「你瞧人家」，聽過嗎？「你瞧人家」引出了大家真心的笑聲。乙又講了一個「在職幹部和退休幹部」。這一次，笑聲更加爆發和持久。其間，丁舉起杯子，對我說：喝酒。我沒說話，只是默默地喝乾。

綜上所述，人物性格已見分明：

甲：忠厚長者，文化人一生平安。

乙：混得開那種，受過高等教育，沒準兒早年是文學碩士，激烈，頗風趣。

丙：城府深，很色，會賺錢。

丁：表面上不張揚，有自己一套原則。莫測。

齊男：傻，喜歡發表意見，早晚會被齊齊甩了。

齊齊：表面上沒心沒肺，實際上冰雪聰明。較虛無。

李月：人肯定不壞，各種俗事兒都見過，婦女型，報社型，不性感。

甲女：表面上賢妻良母型。莫測。

我：假意懶散，實則表現欲強。

我是連乾了四杯後開始說話的，甲不知怎的談起一位姓王的大名人，我斷然發表意見：他太他媽紅衛兵了。我正經八百地舉例說明，注意到丁有些懶散但基本同意的表情。乙全力支持我，爲此我們又喝了一杯。甲表示異議，論證了某觀點，我陰陰地插了一句，齊齊、乙、丁都很捧場地笑起來，丙含笑不語，李月接著發言。（這一段具體的記不清了，總之我情緒高昂起來。）丁站起來，衝大夥兒說：喝酒吧。他一飲而盡，走腎去。乙拉著我喝酒，我敬甲女一杯，甲和丙乾了，李月和齊齊說著什麼，齊男開我的玩笑。觥籌交錯，杯莫停。丁回來，說了一件挺樸素的事，大約是他跟公廁老太太的對話，然後衝著服務員叫：冰啤酒，十個吧？啊？行，先來五個。

之後，好像說好了似的，我和丁的目光無可避免地相遇了，我們的頭一句話大概是「我知道你……」。我們知道我們早晚都會說話，並且只說這一次。

最自然的事情，總是像預謀。

3

現在，我已不好意思重複我和丁的酒後眞言。那些話即使在酒後聽起來像眞的，其實也未必不是假的。我倒不至於無聊地談什麼「帶著假面生活」，我只是對眞假的問題失去判斷，也不感興趣。藝術是假戲眞做，生活是眞戲假做，半眞半假是我的生活習慣。我就不議論旁人了，只說自己，連夢話都可能是謊言。

我們的話說得並不多，但氣場強烈，有點脫離群衆搞分裂。主題比較嚴肅，屬於酒後正常表現，我們都是有表現欲的人。一般情況下，所謂表現欲表現在解構方面，即否定一切既有秩序和觀念。這一點很多人都能輕易達成共識。但若喝了不少酒，表現欲還表現在建構方面，有互訴衷腸，堅持幾項原則之感。有時建構友誼，有時建構信念，有時建構愛情。

酒有助於積極向上的精神文明建設，防止虛無的自由化思想。條件是必須不停地喝，讓酒醒與開喝之間的時間空隙，漸近於零。

周圍的人開始拿我和丁說事兒了，因爲他們兩次開懷大笑我們都沒有加入。我們正肅穆莊嚴的話題不得不驟然停止，顯得有些可笑。但我們都是一種人，不會給他人解構自己的機會。我們寧願自己把自己解構得爛七八糟。

好一陣兒我們不再說話。他和男人們拼酒，丙對我打開了話匣子。

居然有點兒初戀的感覺。你心知我心什麼的。

後來到了划拳階段。丙和乙都跟我乾上了，在我輸第三杯的時候，正在跟甲划拳的丁，衝著除我之外的衆人說：我替她喝吧。

高中時代。一個男生對男生們說話，轉達對一個女生的想法。男生們當然要起哄，男生會敷衍、否認、臉紅、含糊其詞。女生這時不會想到什麼男性主義，她只是覺得甜蜜。跟甜蜜相比，任何主義都一錢不值。

甲乙丙丁都是這樣長大的。

丁替我喝了酒。我們的目光再也沒有對視過。

4

西服是黑色的，穢物像奶油
在夜裡一個男人蹲在中心嘔吐
安靜而乖巧，大家都很滿意。
霓虹在跳舞，女人在跳舞
美酒在跳舞，音樂摔倒在地
必須認眞、徹底，全力以赴。
嘔吐出一些骨頭
嘔吐出一些皮
嘔吐出一些水
嘔吐出最後的勁兒
請繼續。觀衆越來越滿意。
爲了高潮請你全身心投入，我的親親。

那天晚上我們一行人去了舞廳。我嚼著一塊口香糖，手裡拿著一瓶青島，跑上前台。一個男人從身後摟過來，我無限需要地靠著他，頭依戀著他的前脖子，直到他的雙手由抱轉為摸。我回過頭來，看上去是個英國人，我說你丫眞沒勁兒。他挺好的中文鑽進我的耳朵：我們走吧baby。我說Fuck off。

那天晚上我帶了一個法國男孩回家。我坐在前台巨大的音箱下，唯一實在的是手中的青島。他過來坐在我身旁，手裡同樣拿著一瓶。他搭訕道：好嗎？我點點頭。一個外國女孩經過，跟他用法語打招呼。周圍熱氣騰騰，電子樂喧天，粉末狀的興奮起起落落，他仍然安靜地坐在我身邊。我瞇著眼看著他，曖昧地用法語問：你呢？他顯然激動無比。我們用法語說了幾句話，音箱的顫慄蹭得我虛無得發癢。我說走吧。他的眼睛很好看地飛揚了一下，有一絲的詫異，隨即友好地伸出手。

他牽著我的手，我靠著他的肩，我們的腳步溫柔遲緩，音樂的節奏卻越來越快。我們如一對相依為命的老夫妻，夕陽西下，走向回家的路。攙扶著、恩愛著，我們慢慢穿過大廳，穿過張牙舞爪的姿勢，穿過男男女女，穿過聲響的腹地。

外面與裡面，彷彿眞的只隔了一道門，春夜的淸冷是一件寂寞的衣裳。我瞥見齊齊靠在牆上，一名男子幾乎貼住她的身體，燈光昏黃，很像電影鏡頭。我迅速拉著男孩鑽進了出租車，在車上碰了一下酒瓶，依偎在一起，說出一個地名。

5

有的人說他們的小說都是眞實的，有的人孜孜不倦地寫著愛情故事。比如我的〈午夜夢回〉，描述了新時代的新男女的新一夜情。男女主人公如何目光遭遇，心潮起伏，在午夜山洪爆發，在淸晨悽惻低迷，傷感如晨霧。因爲新時代的愛情不能過夜，爲了愛情兩人毅然做愛之後決然分手。他們喝的是法國葡萄酒，激情上湧時當然沒想到安全套。編輯誇我寫的眞實感人，有血有肉，並把題目改爲〈午夜狂奔〉。狂奔更具有現代動感氣質，符合現代人敢做敢當的心態。

我記憶中的現實是這樣的：那天大家都高了，我和甲乙丙一直拉拉扯扯，摟摟抱抱，我和丁連手都沒碰過。一進舞廳，我就離開了乙的懷抱。就這麼失散了。後來我和一個大概叫奧利威爾的男孩回家，雖然頭暈仍按照國際慣例謹愼從事，之後我表示希望他離開，我家門口打車非常方便。這樣在天亮前我們就友好地分了手。

我心目中的眞實是這樣的：我和丁之間，除了喝酒，還幹了別的。我們不清不白。而我跟那個法國男孩之間，淸淸白白：兩瓶青島，一個安全套。

現實是你做的，眞實是你想的。現實很淸白，殺人放火做愛。眞實很不淸白，爲什麼殺放什麼火和誰在愛。

不管怎樣，我不會再見丁了。

新一代的狗男女新一代的嗨！這是去年流行的愛情歌曲，你們肯定聽到過。

6

遭遇丁之後，碰到羅列之前，我有幾天混亂的日子。那時候我的一位小兄弟不停地跟我說，越墮落越快樂。也好吧，像美國電影裡的台詞：爲什麼不呢？我曾經和一些人一樣，歌頌「墮落」鼓吹「頹廢」。我們說那是多麼高級的境界。現在我唯一的改變是，不再分等級，只相信身體。身體也沒有別的含意，只是肉、骨頭、器官、毛髮、一些液體。

小兄弟帶我去了一間巨大的包房。包房裡的人只以性別區分。有四、五個極年輕的小姐，有一位看不出年紀的女人。她身材瘦削，眉目淸朗，打扮得好像剛從八十年代走來，披肩髮，絲質的襯衫和長褲，鍍金色的鬆鬆垮垮的腰鏈。她坐在一個男人腿上，優雅地抽煙。她的坐姿比其他人都色情，兩腿叉得很開，但卻自然之極，彷彿天生就該這麼坐。她一開口說話，我就愛上了她。

她的聲音浸透了滄桑的嫵媚，像一匹傷痕累累的絲綢在吟唱。

她說「喝酒」，向空氣舉了一下杯，自己先喝了。她身後的男人和周圍的人，忙不迭地回應，喝喝喝。她的這兩個字說得很慢，暗示了「喝酒」所隱藏的一切可能性。「喝」字音拉得很長，像一條向上的抛物線，有妖婦的誘惑，也有小女孩的任性刁蠻；「酒」字則陰柔地向下漫開，越來越低越婉轉，幾不可聞，鑽入桌子沙發，鑽入每個人的心肺，鑽入過去的甜蜜。她說完這兩字，一飲而盡杯中物，走過去唱歌。

她唱的是一首怨婦的歌，她完全地投入，閉著眼，手臂一次次抬起，指向不可知。所有的人都願意唱怨婦的歌，願意當受傷者，設想自己眞心愛過卻被無情抛棄。我不知道這是受虐心理還是對愛上誰的渴望。被愛是無所謂的，愛上誰才是愛。

她聲情並茂，我傷感得一塌糊塗。她唱完歌，款款走回男人身邊，倒上一杯酒。我向她舉杯：喝酒吧。

她粲然一笑，端著酒滑到我身邊：喝酒。認識你很高興。

我知道我爲什麼愛她了，她是一個活在過去的人。

她說：我叫鍾祥。鍾楚紅的鍾，秦祥林的祥。

我也活在港台電影裡：你是一個有故事的女人。（這種話喝了酒我說得出。）

她像所有有故事的女人那樣黯然一笑，扭頭對男人說：強哥，對不起啊，我喝多了，和這個小妹妹坐會兒。

小妹妹也喝多了，靠在大姐姐骨感的身體和八十年代的香水味上，依戀著美，依戀著對過去的想像，依戀著上升與下墜。嗨曲大作，周圍的男男女女在拼命地搖頭擺尾。她的手冰涼，握住我的手的燥熱。她靠在沙發的一角，我靠在她胸前，看著她黑色絲綢覆蓋下的盆骨，微微突起。我安靜地哭了。

我的小兄弟像一個被牽線的木偶，在前台孤零零地碰跳。

三

1

去哪兒？吃完飯，除了酒吧，無處可去。我把胳膊支在車窗上，迎面吹來的風雖然很髒，但有風迎面吹來，仍是個好感覺。除了夏天的出租車，我坐在車上的時候，總希望車一直開下去，我一直在路上，不管和誰同路。

羅列說，現在太早了，去哪兒都沒人。我問今天星期幾啊？星期三吧？哎，不對，星期四。我來之前剛買《南方周末》。星期四什麼地方好玩？說了幾個名字，發現彼此常去的地方都差不多，剛才吃飯時，就知道我們有好幾個共同的朋友。羅列穩握方向盤，輕鬆地說：以前怎麼沒碰到過你？我說有一段時間我不在。去哪兒啦？

我開始講述我的近期生平：我，在生活有保障的情況下遊蕩多年，近到海澱朝陽三里屯，遠至大西洋。學院派的不肖子孫，熱愛江湖與閒散之人，在外「民族主義」，對內「賣國賊」。

其間我們下了車，進了一個酒吧，坐在靠窗的一角。我繼續講述。其間服務生拿來兩杯干紅，羅列和我的手機分別響了一次。然後我問：你呢？輪到他講：他，在生活沒保障的情況下遊蕩多年，近到成都廣州拉薩，遠至太平洋。在內當過老師，在外送過披薩餅。結過一次婚，進過一次監獄。

我們特意去了一家不熟的酒吧，很惡俗的那種，放歐美流行歌曲什麼的。一支廉價的粉月季在青島瓶中垂頭喪氣，耷拉著臉。但我喜歡這樣。月下談心海邊訴衷腸，都是人造浪漫穿上自然的衣服，比起來都市廉價月季要親切得多。

去哪兒？出了酒吧，除了回家，無處可去。

羅列坐在我身旁，我們坐在地毯上，面前擺了啤酒、杯子、土豆片、煙、煙灰缸、餐巾紙。名目是看錄像。在放什麼片子時，我深刻意識到有一類片子我已經不想看了，起碼決不能與人同看，但嘴裡仍堅持說：伯格曼？塔可夫斯基？他說，還是別看了，聊天吧。

在酒吧我們對面而坐，朋友型；在家並排而坐，未知型。電視機二十九吋的螢幕映出我們的身影，有點變形。Tom Waits的性感嗓音在房間的各個角落凝結又消散。我們的身體離得很近。陽台的門開著，用椅子抵住，風颳得砰砰作響，屋裡卻悶熱。我意識到很久沒有這樣過了，與一個男人在家中相處，家比酒吧舞廳歌廳都曖昧。一陣大風呼嘯，椅子抵不住了，門砰地一聲撞回來。我走過去把門關嚴，回來時與他眼神相遇。

我假裝自然，坐回他身邊，比剛才距離稍遠兩公分。一時無話，一片溫熱潮濕的安靜，音樂也停了，風聲被隔在窗外。他放下手中的杯子，輕脆的一聲。我心如明鏡。

電視機螢幕中，他俯過身來，我們緩緩地倒下，像所有電影中的情人。

在我們流著汗交流的時候，屋外，第一場沙塵暴洶湧而來。

2

我們躺在床上，我蜷在他懷中，我們靜靜地聽，面帶滿足笑容。風夾雜著沙石，劈劈趴趴地敲打著門窗，間或聽見遠處玻璃碎裂的聲響，流水般淅瀝嘩啦，時而傳來沉悶的砰的一聲，四處皆兵，鬼影幢幢。至此，我們已完成了一整套程序，包括：相遇、交換電話、約會、吃飯、酒吧、回家、放音樂、坐於地毯上、做愛、上床。程序所依賴的軟件支持爲：聊天（分爲談笑風生期、互訴隱私期、曖昧醞釀期）、身體接觸（分爲撫摸頭髮、接吻、撫摸臉部及臉部以下、蹭、褪去內衣、實質性接觸）。在我們做愛的三分之二處（時間即程度），陽台上撲通一聲，我一驚，但他好像沒有分心，我也就全力以赴，終於較圓滿地完成了最後的點擊。

我們沒有開燈，他摟著我摟得很緊很親密。我們還沒意識到外面發生了什麼，但我們下意識地相依爲命起來。風之猛烈可以用黃河頌的調子來形容：風在吼，樹在嘯，高樓大廈在咆哮！有一陣不再有碎裂的響動，只有偏執的風聲滾滾而來，感覺要把房子吹跑，或是把房子周圍的東西都吹走，剩下一間臥室吊在空中，剩下一張床，還好，床上有兩個人。

他說，沒事兒，那樣我也一直抱著你。沒準我們醒來就到河北了。

我說，我希望是東南風，把我們吹到蒙古。你去過嗎？草原？我去過，連乾了十杯高粱酒，六十度的，一幫韓國學生全暈了，好多日本人韓國人去草原，有種說法，他們都是蒙古族的後裔。我覺得韓國人挺像的，日本人可不是。日本人太奇怪了。

他說，你要想去，我們明天就去吧。夏天的草原肯定舒服。

我說，蒙古男人特別美，只能用《一千零一夜》的話來形容，他像太陽一樣美麗，他的歌聲像雄鷹……

我寫這些，不是爲了無聊你們，我僅僅重複了一個普遍眞理：情話大多是無聊的話，所以有人要在電視上念情書，有人要在電視前掉眼淚。我最不想寫的就是愛情故事，純情的人會說，因爲你沒有哦。也可以這麼說。

3

我和羅列當然沒有去蒙古。不但沒有去蒙古，連門都沒有出，整整三天待在我的屋裡，按時打開電視。新聞大姐仍舊一臉正氣：衆所周知，北京來了沙塵暴。沙塵暴的原因，衆所周知……

我給羅列講我中學的故事。有一次考試，大家埋頭苦幹，偶爾覺得頭頂上的白熾燈光越來越強烈。誰都知道，白熾燈光的強烈實在有種慘痛的感覺，跟竇娥冤似的。兩個監考女老師嘰嘰喳喳地，學生們強忍住心中的野草，對付最後一道難題，手心出汗，鋼筆打滑，中指關節處隱隱作痛。窗外操場上也是砰的一聲巨響，少數同學抬頭看了一眼，多數不聞不問。我永遠活在少數人中，我看見午後時分，天上地下，滔滔墨綠色的黑，黃沙滾滾。

時至今日，我仍然記得當時的激動。沉重的天的壓迫和無邊的黃沙，在我十六歲的生命中，實在比豔陽天碧草如茵要美得多，有力得多。我眞希望天就此塌下來，考試就此不存在，一切社會行動都停止，我們面對黃沙，重新開始生活。

十六歲時我依然回到了考卷上，就像三天前我聽到陽台撲通的聲響依然回到做愛的姿態上。也就是說，即使天塌下來，試還是要考，愛還是要做，我那種世界毀滅重回初始狀態的兒童心理，抗不過成年人的意志。

羅列說，有一年夏天，他和幾個朋友去了海邊。同行中有個女孩他很喜歡，但她是別人的女朋友。他那時年少，所以重義氣。他覺得女孩也喜歡他，心中越甜蜜，身體越躲得遠遠的。大家玩得都很開心，他也開心，又心亂如麻。最後一個夜晚暴雨將至，雷聲響徹天際，海面湧起高大的浪，四周都是墨色的，只有浪尖舔著白亮的光。一道閃電在天盡頭劈開，從上至下，完整、凶狠而豐滿。羅列說，他從來沒見過這麼壯烈淒厲的美。他猛然轉過頭，幾米遠處，那個女孩也轉過頭看他。遠處傳來朋友們的尖叫：哎，快回來！馬上要下暴雨了！叫聲遠去，朝著旅店的方向。又一道閃電，他清晰地看見女孩的臉，就那麼一瞬間，她臉色煞白、堅決、冰冷，只有眼神是玫瑰色的，如火焰般嬌豔。

羅列說，大海碧藍的溫柔之美根本無法與暴風雨的美相比擬。他企盼暴風雨吞噬天空、大海與沙灘。他和她手牽著手，迷失在黑色的盡頭。

咱們去海邊吧，我提議道，我很久沒看海了。

4

我們當然沒去海邊，我們哪兒也沒去，終日躺在床上，躺成名副其實的情人。我們的做愛姿勢由一開始傳統男權式，轉爲現代式、後現代式、新結構主義式、女性主義式、新新人類式，做愛地點除了床還有衛生間與廚房。他去尿尿我總是跟著，抱著他的後腰，頭貼在他的後背，有時侯還非要幫他拿著小弟弟。他說不行啊，這樣出不來。我說噓，慢慢來。我去廚房找吃的，在案板上切黃瓜，他就撩開我的睡裙，手鑽進去摸呀摸，或者半跪著把頭伸進去。雖然悶熱我們仍舊穿著薄薄的衣服，因爲赤身裸體一點也不性感，我們喜歡脫去、褪下、撩開、扒掉、與撕爛。

白天我們把窗簾關得嚴嚴實實，開著燈；夜晚則把燈關上，拉開窗簾。窗外永遠的天昏地暗，知道這點我們就很放心，放心地在屋內天昏地暗。生活很簡單，吃飯、睡覺、看新聞、做愛、洗澡、如廁，間歇期我們說話，說話的間歇期我們沉默。

我們像老朋友那樣彼此坦白都有過在一個房間裡昏天黑地生死做愛的經歷。

那年他二十二歲，遇到一個英國留學生。她有褐色的頭髮和暗綠色的眼睛。她的同屋是個有潔癖的日本姑娘，和別的日本姑娘參加幾日遊去了。他借機混入了她們的宿舍，兩人廝守了三天三夜。姑娘出門尋食就把他鎖在屋裡。他在屋裡轉悠，一看見日本姑娘像消毒手帕一樣整齊的床單就分外地激動。一聽到英國姑娘開門的聲音，他就躲在門口，她一進來就被抵在門邊。三天後，日本姑娘的床架四周全是精子的味道。

那年我二十二歲，剛送走我的男朋友。他年輕英俊純情，是個金髮碧眼的德國小夥子，在機場流下碧藍的淚水，說出金色的希冀：一畢業就回來，僅僅分別一年。是夜，我和一個男人在酒吧喝Belex，喝醉了，不是傷心是因爲聊天聊得高興。走出酒吧，風兒正輕輕地吹，他拉起我的手，我跟著他走。一個星期我們待在他家中沒有出門，每寸皮膚相親，都感到親切美麗。心裡沒有忐忑和愧疚，所有的豪情壯志也消散，所謂死於溫柔鄉，便是如此罷。

說完這些，我們有些黯然，安慰性地擁抱了一下，之後去看晚間新聞。

電視機螢幕上，播音員大叔懇切萬分：目前，北京地區的沙塵暴天氣已有所緩和，市民們紛紛表示，堅決支持黨中央發出的與沙塵暴作鬥爭的口號，緊密團結在以最高領導人爲核心的黨中央的周圍。人們堅信，沙塵暴的眞相終會被揭穿。請看報導。

畫面：一家人圍坐在電視機前。

主婦激昂地：以前我不知道，不瞭解，這個沙塵暴的危害性。通過學習領導講話，我才知道，沙塵暴眞是貽害無窮……

丈夫：以前覺悟太低，就想著把自己的家庭建設好。聽了這幾天的宣傳教育，我才知道，環保問題，關係到千家萬戶，這個匹夫有責……

獨生子抱出一盆綠竹，脆聲聲地對著鏡頭說：我要用自己的努力，給國家貢獻一份綠色！

5

這三天，電話沒有響過。羅列的手機早沒電了，問他想不想打電話，他只是搖頭。可能朋友們也正暗自高興，躲在家中天翻地覆。我懷疑每個人身邊都有陪伴的人。也就是說，我們的時代缺很多東西，就是不缺少愛情和沙塵暴。

第三天晚上，風聲明顯地減弱了一會兒。十點左右，我們決定出第一趟門，冰箱裡已空空如也，最後一根煙也分成兩次抽完。走吧，我握著他的手說。要不我一個人去？羅列體貼地問。不不不，我不想一個人待著。

從下樓到樓下對面的小賣部，白天需三分鐘，夜晚需五分鐘，因爲樓梯的燈泡永遠是壞的。南方話說「黑咕嚨咚」，很有音樂性。走廊裡每戶門都緊閉著，我們像探險家般亦步亦趨地下了兩層樓，出了樓門口。

地上空無一人，天上竟然有一個巨大的月亮，照得地面上的一層黃沙如一層薄雪。風聲在遠處依舊，近處卻悄然。對面的小賣部是一家獨立的低矮的小房子，門窗關得緊緊的，窗戶透出昏暗的燈光，像古代的夜店。羅列把手伸進窗外的鐵柵欄，敲了敲窗戶：有人嗎？沒有人應答。高樓大廈在月光下冷峻地聳立著，投下堅固的黑影，我和羅列的影子清晰得讓人害怕。

有人嗎？我們男女聲二重唱。

燈倏地滅了。

我們在皎皎月光下不寒而慄，望著我們瘦長的影子。我跑了幾步，跑到他的影子的頭部，跳起雙腳：踩你的頭！羅列敏捷地彎下腰：踩不著！你也玩過這個？

咱們都是南方人，都有小時候嘛。

回到家，我們溫柔地上床做愛，像南方一樣迷濛，像小時候一樣捉摸不定。遺憾的是做完愛，沒有煙抽。窗外的風聲越來越弱，我們誰也不想說話，各自睜大雙眼。

我彷彿是睜著眼睡著的，睡了一會兒後眼睛才閉上。夢裡沒有了時間概念，我一邊做夢，一邊覺得眼睛有什麼不適的地方。那個夢沒多大意思，我在夢中想，不要再做下去了。我努力睜開了眼，一陣酸痛，讓我不適的原來是明亮。即使窗簾很厚，還是有久違的亮光穿透進來。屋內的白牆重新正襟危坐，光潔如初。屋外和往常一樣又充斥著各式各樣的雜聲，汽車在鳴笛，孩子在喧鬧。我漸漸恢復了對正常生活的記憶。一切如常，除了一隻搭在我胸前的男人的手臂。

我側過臉去看，那個人睡得很香，可能在做夢，嘴唇像魚般微張微合。幾天來我還沒有仔細觀察過他的臉，這個昨夜吃遍我全身的男人，三十來歲，眼睛閉成一條細長的彎彎的弧線，鼻子微寬，嘴唇頗豐厚，頭上已長出半寸長的黑髮，要不然有點像佛。我眞想和佛睡覺，生出一堆小觀音。

6

第四天是一個豔陽天。我醒來後習慣性地想了兩分鐘，由睡夢中的無知狀態轉爲白天的清醒狀態，確定好自己的身分，設想這一天，白天幹什麼，晚上應該找誰吃飯。我想著想著，就想起身邊還有一個人。我輕輕挪開他搭在我身上的手臂，悄然下床，帶著衣服去衛生間。這三天沒怎麼照鏡子，比起三天前鏡中的我，現在鏡中的我氣色豐潤，清新可人，看來悶頭悶腦的一通性交有助於容顏的修復。我將水籠頭開得很大，爽爽地沖了涼，希望水聲弄醒床上的男人。

整理梳妝完畢，我出了衛生間，徑直走向門口，抓起門邊圓桌上的零錢，響亮地開門出去。

樓梯仍然是從前白天的樓梯，牆壁斑駁，好似每天有小孩撒上一泡尿，新尿舊尿黃白相間；垃圾任意堆在垃圾道前，三隻蒼蠅歡快地唱著一台戲。到了樓門，外面一片金色沙灘，又亮又燙。一位婦女專心致志地拍打自行車上的塵土，在座上套了一個塑膠袋，拔起粗壯的右腿一屁股坐上去，自行車像挨了沉重的一拳，晃晃悠悠地馱著女人上路了。

一切如常。人們去上班了，對面的小學校剛打了下課鈴，學生們蜂擁而出，校門口賣冷飲的老太太已在太陽地下等候多時。老太太行動遲緩，不時有稚嫩的童聲催促到：快點啊！那麼慢啊！

小賣部的中年男人像往常般訕笑，好像他對不起全世界的人：來啦？

昨晚那麼早就關門了？

沒有啊，12點才關。中南海吧？

對，兩盒，再拿五袋方便麵，一袋速凍餃子，兩個礦泉水，兩個可樂，要冰的啊！

小賣部的電視機開著，一個婦女正對著話筒說：現在的首都到處是草地，遍地是花園……

我在小賣部門口打開可樂喝起來，爲了給羅列留出足夠的時間。我坐在台階上點燃一根煙，小學生一團團地在眼前走過，嘰嘰喳喳，興奮莫名，輕鬆地說著惡毒的髒話。小女生：劉老師說了，你老抄別人作業……小男生：沒抄！打你丫呢……小女生尖聲地：操你媽……學生們的消失和出現一樣迅速，蜂擁而至蜂擁而往。賣冷飲的老太開始打盹，汗珠流過脖子上的贅肉。

我唯一的滿足感是我已經長大成人，又還沒有老。所以我必須坐在小賣部的門檻上，沒有尖叫，也沒有打盹，等待並感受時間的消逝。正午時分，居民樓附近沒什麼人，太陽重新得勢，發誓要把人們整慘。小賣部的男人在我身後偷窺，拾破爛的婦人背著籮筐一搖一擺地來了，戴了一頂缺角的草帽。我走進樓門時，她走進了垃圾道。

如我所願，羅列已穿戴完畢，端坐於客廳，手拿一份上個月的報紙。我進門時他沒有抬頭，盯著報紙看。我先去廚房燒上水，走回客廳主動伸出手：抽煙嗎？他接過煙，抬眼說了句謝謝。我們目光飛快對視了一下，還行，都算過來人。我背過身去放音樂時，羅列站起身，邊抽煙邊拿起背包：那我先走了。

行。

再見呵，打電話吧。

打電話，再見呵。

二〇〇二年六月

這年夏天

1

方小姐，可不可以，這個，明天看一下你的大學文憑？啊，是這樣，我是相信你的。但我和我愛人都是知識分子，租這個房呢，也不想租給亂七八糟的人。現在社會上，你知道，很多單身女孩租房是用來……這個……

好的好的，鄭先生，我明白。明天我就把身分證護照文憑全帶來。

我的房東知識分子鄭先生和鄭太太以上海人細緻入微的品格與我辦理了租房手續，連一邊的仲介代表都表現出一點不耐煩。我卻顯得異常溫順體貼。戴金絲邊眼鏡穿套裙的鄭太太一邊暗地打量著女房客，一邊指使先生數錢。我當然也穿得很淑女，乖乖地回答問題：不遠，不遠，就在希爾頓飯店辦公樓上班。對，是外企。是呀，英語專業挺吃香的。父母啊，挺放心我的。他們住在成都。哦，他們是大學老師。護照啊，是前年去旅遊辦的。歐洲八國唄。好玩兒好玩兒。眞是，人家眞是挺富的。對，對對對，好，好好好，哎，文憑您看仔細了，現在街上賣假的特別多，聽說碩士賣得最好，博士太高，本科又不夠用……對呀，現在社會上眞有點亂……

房東和仲介走後，留下了鑰匙和一疊契據。天已經開始熱了，我脫掉長裙和胸衣，點燃一根煙，在三把椅子中挑了一把坐下。四壁被搬得空空蕩蕩的，剩下來的桌子椅子和床，規矩本分，沒什麼聲響。我站起身，習慣性地抽著煙赤身裸體在屋裡走來走去。我審視那張硬梆梆的碎花床墊，想像著鄭太太如何躺在上面忍受慾火中燒。那麼多個夜晚，當鄭先生那麼多次踱進臥房，鄭太太那麼多次就坐在這張床上，神態專注地讀著晚報。她莊嚴的坐姿以及她麵口袋一樣的土黃色的睡衣，使她看上去像一件老式楊木家具。鄭先生用眼鏡片後的餘光偷窺了舊家具一眼，小心翼翼地從另一側爬上床，翻了翻報紙，很快打了個大哈欠。他嘟囔一聲關掉他那側的檯燈，調整睡姿，把後背和屁股留給了鄭太太。鄭太太同樣很快打了個大哈欠。她嘟囔一聲關掉她那側的檯燈，翻轉身體，後背靠著男人的後背，屁股對準男人的屁股。但兩雙屁股間還是隔著一段距離，以免互相驚動，以致於如今這張床墊，清清白白，沒什麼可疑的味道。

2

這年夏天我住進了一幢居民樓，灰灰的十五層的那種。樓前正對著一所小學校，樓後面，也就是從封閉的陽台望去，風景有被玻璃分割成塊的太陽，月亮，河，垂柳，小橋，對面的高樓。租下的房子在六樓，兩居室，房間都朝北，有電話，衛生間裝修過。這幾乎滿足了我所有的要求。

現在該做的，就是去看媽媽。

我是先租下房子，見了幾個朋友，安頓好日用所需之後，才去看望媽媽的。媽媽住在城市的另一端，爲此我花了一個半小時和四十塊錢坐著出租車穿過城市。從外觀上看，我們的城市並沒能做到日新月異，除了多了幾座高樓，騎自行車的人依然頂著風沙踽踽前行，路人仍舊喜氣洋洋並亂穿馬路，出租司機還是喜歡和乘客搭訕。眞堵啊。可不是嗎。小姐下班回家？沒有，去辦點事。

媽媽從電話裡得知我回來了，並沒多說什麼。這幾年我們之間已建立了互不干涉的相處原則。當初對我的離開她就沒多說什麼。幸虧她不只有我這麼一個女兒，她還有我姐姐。姐姐：

三十歲，有錢有房有車，面容姣好，標準的現代成功女士。至於她有沒有男人我不太清楚。在我們原先居住的街道，經過女人們添油加醋半慕半妒的嘴，姐姐的故事已成爲傳奇。傳奇中的姐姐更美豔，更放蕩，更狡詐，更有錢，夠得上一部室內電視劇的劇情。

車臨近媽媽家的時候我下了車。我生命裡第一次起了這樣的念頭，我想也許應該給媽媽買點補品。我要去的商場就是她工作了大半生的地方，她在那兒賣了三十年醬油。我在街上找了好一會兒，才確定眼前一家裝修豪華的大型超市就是曾經的那家商場。一走進超市我就迅速打消了買東西的念頭，購物的人們排成長龍，一排穿紅制服戴紅帽的年輕姑娘們各就各位，神經質地緊張地收款。

這時候我才覺得，我們的城市還是挺日新月異的。

進了家門我想起另外一個問題：媽，你退休了？

我媽：算吧。

我的媽媽失業了。我知道就算說她臨時下崗、待崗，她也不會承認。好在她不必擔心錢，姐姐是個孝順女。媽媽已經做好了一桌菜等著我。我們很快坐下來吃飯。媽媽什麼也不問，只是給我夾菜，非常客氣。我主動說，我租了套房子。媽媽問，那兒安全嗎。我說安全。媽媽不作聲了。我只好問姐姐的情況。媽媽說她很好，本來要回來一起吃飯，有事走不開。我說我會給她打電話的，你怎麼不在姐姐家住了。媽媽說住不慣，在這兒還可以跟老街坊打打麻將。接下去我們默默吃了一會兒飯。媽媽說了一句，老了，不想動了。接著，我們默默把飯吃完。吃完飯我就走了。

3

我在新住處注意的第一個人是個六十來歲的老頭。那天我照例去商場買我的必備品煙、酒、牛奶和餅乾，提著沉甸甸的塑膠袋經過小橋。正是夏日的午後，街上有份難得的安靜與倦怠。一個老頭站在橋上，面向河水。他手裡拿著放風箏的工具，仰著頭凝望天空深處。我過橋時，不免被他一直高昂的頭所染，也抬起頭，想看看他的風箏飛得有多高。天空是淡藍色的，一望到底，沒有他的風箏。我再看這個老頭，他的眼神分明跟隨著天上的某一點，毫不空洞。我順著他的視線再次遠望，還是什麼也沒看見。我不禁問道：哎，您的風箏在哪兒啊？老頭目不斜視地望著天甩出一句：在哪兒啊？他的手忙於收線放線，他的神態執著表情嚴肅，他的腔調卻和我一樣茫然。

有幾分滑稽。我把這當作一件事告訴了小羅。小羅仔細地聽了，溫和地笑了笑，抱住了我。

小羅是我回到這個城市後唯一再敍前緣的情人。情人這個詞雖然氾濫成災，但我不能因此換一個詞來歪曲我們的關係。我們之間確實是貨眞價實的情人關係。也就是說，你有情我有意，但咱倆還是各過各的爲好。

小羅沒有問我這三年的經歷。我媽媽也沒有問。在回來之前我多次設想他們盤問的情景，因此編了不少謊言。但他們都沒有問。在機場接我時小羅只是說，你好嗎？我說，挺好的。小羅說，回來就好，要趕緊跟上這兒的形勢。

什麼形勢？

一要生存二要發展三要發達。

不錯啊，你進步了。

我都三十了，再不進步就廢了。

走出機場小羅再次證明了他的進步，他是開著輛黑色桑塔娜來接我的。

4

租房之前我就一直住在小羅家。小羅現在不畫畫了，跟別人合作開了家設計公司。三年前，我走之前，他還住在兩間沒暖氣的平房裡畫著他的波普性感美女。現在他住在亞運村的一套公寓。他告訴我再過一段時間打算貸款買房。

我知道物以類聚人以群分，但某種朋友即使境遇不同，還是能很好地相處下去。比如我和小羅。當然如果他淪爲了街頭乞丐，我也就不會再跟他有什麼交情。將心比心，如果我如今在三里屯拉客，他也就不會再與我瘋狂做愛。雖然他和許多藝術家小說家一樣，都和小姐上過床。但我們首先是朋友，他不會和一隻雞當朋友。我會。因爲我不把她們叫成雞，因爲我很可能也是她們中的一員。

在小羅家我住了大概一個星期。開頭兩天我們回憶了許許多多的往事。我們只談往事好像最近這三年根本不存在。在對往事的回憶和加工中我們變得心緒纏綿。第三天的夜晚我們聽了些老歌，就是羅大佑崔健吉姆莫里森之類，然後一發不可收地做愛。三年前我們聽過同樣的音樂有過同樣的夜晚。三年前發生的事遙遠得足以讓我們懷舊。懷舊的人總是能當朋友，就像向前看的人能湊在一起幹事業。

5

從媽媽家回來的那個夜晚，我站在陽台上吹風。夜色中的河是一條想像的河，我對著想像中的河抽掉了半盒煙。

第二天下午我撥通了姐姐的手機。姐姐一聽是我就像從前那樣發脾氣：小藍啊！媽早說你回來了，也不留個電話。你在哪兒？嗨，離我這兒挺近的。你過來吧。

在那一瞬間我以爲時光倒流，我們還是那對爭吵中相依爲命的姐妹。姐姐已經許久沒機會對我大喊大叫了。這種幻覺，直到我走進她的美容院才消失。

姐姐的「莎菲美容院」處於商業繁華的中心地帶。這裡除了賽特之類的大型購物中心，就是精英雲集的獨資合資辦公樓。滿街的建築、人群、汽車、以及女人手中的商品，都體現出暴發後的中產品味。姐姐見到我時的溫文爾雅更印證了這一點。她不再是個穿金戴銀、衣服品牌灼目生輝的女人。她穿著一套質地純正的淺綠色套裝，只配戴了名貴卻不顯眼的耳環。我走進美容院的時候，她正儀態萬方地與一名顧客交談，臉上不時流露出適時並適當的微笑。我一時不知如何與她招呼。她卻職業化地對我一笑，做了一個無可挑剔的請坐的手勢示意我等一下，然後繼續與顧客周旋，直到哄得顧客開心大笑。姐姐陪著笑了數秒鐘，不失時機地說，周太太，我去照顧一位客人，失陪了。

姐姐把我帶進了裡屋，一間麻雀雖小五臟俱全的辦公室。姐姐指著辦公桌前的皮椅說，坐，咖啡還是茶？我說茶。姐姐說，你以前不是喜歡咖啡嗎。我說戒了，茶對身體好。姐姐在我面前放了杯茶，在我對面坐下來。一時間，隔著辦公桌與熱茶的水蒸氣，我們沒有話說。我於是很想抽根煙，又不好提。媽媽和姐姐都爲此和我發過脾氣，何況這裡還是美容院。這時對面的姐姐從抽屜裡拿出一盒煙，熟稔地點燃了一根。

你也抽煙？我眞心實意地驚奇了一回。

嗨，抽著玩兒唄，你要嗎？

我和姐姐就面對面抽起煙來。姐姐問我怎麼樣？我說還行。姐姐又表現出中國親情的偉大氣概，問我需不需要錢。我說不用。我說姐姐你這兒眞不錯。姐姐歎道，難哪，做這種生意，整天跟闊太太們陪笑臉，沒事兒就得陪工商管理稅務局吃飯……經濟又不景氣……

那個下午我主要是傾聽者，聽我雍容華貴的姐姐向我抱怨開美容院的疾苦。我邊聽邊想像自己面對電視劇中女強人的內心獨白。事實上若是電視劇我早就關掉了，而她是我現實中的姐姐，因此我並沒有產生不良的聯想。

姐姐的訴說告一段落之後，禮貌地堅持讓我在她的店做一次面膜。我於是坐在了躺椅上，一位經驗豐富的美容師爲我清潔面部。旁邊的椅子上躺有一個臉上塗滿綠色面膜的女人，她本來一直閉目養神，聽見動靜抬眼瞟了我一眼。這一眼之後她突然大叫起來：哎！方藍！是你！

我詫異地望著這個女人。

她顯然忘了自己臉上敷著面膜：好啊，你跑出去一圈就不認得老同學啦，咱倆可是上下鋪啊！快說說，你這幾年都去哪兒啦。我們可老說起你，那麼早就出去了。結婚了嗎？嫁了個洋老公吧……

6

這年夏天我回到了北京，在小羅的幫助下很快找到了住房。我回來後見了媽媽，姐姐，小羅，還有從前的幾個朋友。沒有人問我這幾年究竟去了哪裡，過得怎麼樣，回到此地又打算做什麼，除了我那位敷著面膜的同學陳曉明。那天美容師很快也給我敷上了面膜。我們倆就並排躺在躺椅上，頭上罩著蒸面的頭盔，一動不動地說話。陳曉明一開始總是放聲大笑，被美容師善意提醒小心破壞面膜之後才有所收斂。我們談話中不得不小心翼翼地蠕動嘴唇。但這並不影響陳曉明刨根問柢的興致。當初她身爲學生會骨幹就養成了刨根問柢的習慣。對於她的問題我基本上以回答「是」爲主，只不過糾正了幾點猜測：不，我去的是洛杉機不是紐約。對，對，是。不不，回來沒有公事，只是看看親人朋友。他是做網站設計的。嗨，一般吧。對，美國人。是啊，當然啦。同學聚會？行啊，多年沒見了……然後我也提了問，你怎麼樣？某某怎麼樣？是嗎！某某某呢？……

那天我基本弄清了同學們的去向。我若是常來這片中產地帶，肯定會陸續碰見很多。姐姐在一邊默默地聽我說話，一句話也沒插。我覺得我完全有理由在她的美容院胡說八道，因爲我和當年的學生會骨幹所談及的話題實在配得上美容院的氛圍，並爲之增色，可惜我們還沒談到寵物。

7

在小羅家住的日子，我們經常快速喝乾一瓶葡萄酒，依依不捨地相對無語。我們也確實再沒什麼話說。三年前一起瘋玩瘋鬧的日子結束了。三年後的小羅成熟穩健，我也同樣地堅決。

小羅在我的新家逗留過兩個夜晚，在兩個清晨我身邊有一個男人爬起來準備上班。第一個清晨他起晚了，上完廁所就匆匆跑出去；第二個清晨他起早了，就做好了一壺茶，抽了根煙。

抽完煙他回到床邊，慈愛地親了親我的臉頰。他知道我醒著：小藍子，我們在一起過吧。我「嗯」了一聲。他親了我的嘴一下，去上班了。後來的夏天，小羅就沒再來過。

整個夏天那個老頭一如既往、旁若無人地放著風箏，望著天空。很多次我經過小橋，就停下腳步看一看。橋上也經常有別的放風箏的老頭，總帶著他們的小孫子，歡天喜地闔家歡的樣子。他們的風箏都清清楚楚地在天上飄揚。而我的老頭總是一個人行動，而他的風箏總是去向不明。有一次，我看見一個黑影，但不能確定是不是他的風箏，本來我就有點近視，北京的天空又灰濛濛的。還有一次，我聽見一個小男孩跟他爺爺說，爺爺爺爺，那個爺爺的風箏在哪兒啊？他爺爺說，噓——，然後鬼魅地一笑。這種笑容往往是用來形容瘋子的。要是說到傻子，人們的表情會再明朗再喜慶一些。

夏末的時候，我經過小橋。瘋老頭正拿著一塊磚頭一樣的東西，好像從前的大哥大，大聲對著它講話。有一個男人與他擦肩而過，男人也在高聲對著空氣談一筆生意。街上竟有這麼多自言自語的人。

8

沒錢的時候，錢就成了最大的問題。沒錢的時候，我常常想起從前沒錢的時候，想起從前。

姐姐十八歲去一家大飯店當服務員，直到嫁給了飯店的一名常客。那時她才二十一歲，卻比其他如此幸運的女孩英明得多。她沒用那男人給的錢去買首飾，卻拿去經商。又過了幾年，姐姐離了婚。離婚後的姐姐擁有一個解放了的身體和一家美容院。現在姐姐有三家美容院和很多很多她後來瘋狂採購的首飾。

媽媽從姐姐去飯店當服務員那天起，就在和姐姐吵架。媽媽在商場當了一輩子售貨員，最恨的就是我們重蹈覆轍，幹替人服務的活兒。媽媽本就是個固執的人，爸爸生前，媽媽的固執表現在爭吵與冷戰，爸爸死後，媽媽的固執集中於把兩個女兒培養成大學生。那段日子度日如年。媽媽一無所長，除了在商場掙加班費，沒有額外的收入，於是整日整夜的加班，供養上高中的姐姐和上初中的我。別的售貨員吵到我家門口：誰家沒有兒女在讀書，誰家不指望兒女考上大學，怎麼就你需要加班費呢？怎麼就你哭哭啼啼去求領導呢！怎麼領導偏聽你的話呢？玩兒什麼貓膩啊！

那時幾個女人在門外吵，我和姐姐在屋裡做功課，媽媽在一旁平靜如水地淘米。我和姐姐不敢看媽媽的臉色。我們像三隻冬天受傷的動物，蜷在洞中，滿懷堅忍與希望。媽媽舔著傷口，等待我們考上大學。姐姐往傷口裡撒把鹽，發誓此生遠離貧困。我將傷口傷得更深，決意遠走。離開愚蠢、離開安排、離開此地。

我們都一樣的固執，不像我懦弱的父親。

9

我和小羅的情人關係斷絕了之後，有一陣小羅頻頻約我在外面見面，說好兩個人喝一杯，但每次位子上都坐了一大幫人。小羅每次都隆重推出我，為我編一個明亮的簡歷，再為我叫上一杯很酷的酒。我也就慢慢習慣，面對導演我是編劇，面對出版商我是新銳作家，面對商人我是搞藝術的，面對搞藝術的我就做東西文化交流。總之面對男人我是女人，面對女人我是小羅的妹妹。這樣的結果是面對小羅，我什麼也不是。

有一天我們又在一起了。我醉得不成樣子，小羅把我帶回了他的家，在樓下我對著一棵樹嘔吐。他陪著我，看著我，在那一刻愛著我。我們躺在了床上，第一次不再懷舊。

你是不是很想把我賣出去？

你幹嘛總那麼偏激。

我自己會賣的，不用你幫。

我的頭很暈，我摸著他結實的溫熱的皮膚，就像摸一個陌生的男人。一個陌生的男人摸上去，就像是所有的男人。我躺在他懷中，偷偷地激動起來。

小羅用手指撫弄著我的耳朵，滿嘴酒氣：要不就嫁給我吧。

我像爬樹一樣爬到他身體上，用嘴唇堵住了他的醉話。

10

第一天晚上跟我回家的男人一開始顯然有些誤會了。他的職業不是記者就是電視劇編導，反正都差不多吧。他長得不難看，穿著白T恤和牛仔褲，三十歲左右的年紀。我長得也不難看，穿著黑色緊身背心和牛仔褲，二十五、六歲的樣子。他抽煙，我也抽煙，他獨自喝酒，我也獨自喝酒。後來我們就一起抽煙一起喝酒。後來我們都有了些醉意。後來他站在了我的屋裡，看見我鋪在桌上的文稿，彷彿激動起來。我生怕他要跟我談他舊日的理想，於是用手堵住了他的嘴巴。他立刻反應過來，現實主義地抱住我。我雖然有些醉，但還是現實主義地低聲在他耳邊說：一次六百。

第二天，我認眞反思了男人的落荒而逃。行有行規，在以後的日子裡，在夜晚我總是嚴格地穿起吊帶裙，描上眼影，抹上胭脂，在與鏡子告別之前塗上玫瑰色的口紅。

三年前，走之前，我預想過很多場景，發生的卻大多是沒有預想過的。這以後我開始設定。設定比起預想，無疑要現代得多。現代的東西就是現實。我明白了這一點，就像一個問號變成了一個分號。我平靜如水，回到了北京。雖然我記得，每一個北京的夏天都不好過。

我的賺錢行爲和我的工作性質有關。我的工作是寫，也就是說，我每天工作的結果是花錢而不是賺錢。但我已經設定好了，我不能讓錢困住。不僅爲了生活，也爲了寫作，我不想讓我寫的東西有窮人味，也不想它有富人味。我甚至不想讓它有女人味，因爲我已經是女人。這樣想下去也很可怕，我寫的東西是否有人味呢？雖然我也是人，但人味是什麼，我一時也說不清。也許我寫的字，僅僅有這年夏天的味道。夏天的味道，我們每個人聞起來都不一樣。這就好了。

我漸漸熟悉了我的兩居室，並對它進行了合理的劃分。一間是白天的花錢的，一間是黑夜的賺錢的。白天的屋子有一張桌子和一台電腦，黑夜的屋子有一張床。我從前有過不少顚倒黑白的日子，現在只想黑白分明。現在我需要陽光，即使是遠處的陽光。對面的高樓已經把陽光遮擋得嚴嚴實實，照不到我的陽台上了。

11

最近小羅和我很少見面了。他很忙，有時晚上打來電話，我總說我也很忙。姐姐沒有消息，偶爾我給她打個電話，聽她訴訴苦。我有點擔心她提前進入更年期，又不敢建議她找一個心理醫生。我又回過一次家。媽媽又做了一桌菜，這次我陪她看了一會兒電視。我的房東對我很放心，收了房錢就再也沒出現過。如果他們聞到床單上的氣味，肯定心潮澎湃，然後把我轟走。

夏天已經快到尾聲了。放風箏的老頭天天在橋上走來走去，對著那塊磚頭說話。路人都躲著他走，我也不例外。磚頭還是大哥大，都挺有攻擊性。

這年夏天什麼也沒發生，但一切都在進行。在秋天來臨之際，我站在橋上，面朝河水。爲了紀念這個夏天，我決定繼續這麼幹下去。

12

姐姐高中一畢業就去飯店工作後，媽媽把全部希望放在我身上。我也把全部希望放在自己身上：考上大學，離開家。我們的希望都實現了。媽媽的幸福並沒有維持多久，我大學前三年都在逃課，與校外的人鬼混，第四年就退了學，跟一個男人跑了。那時候姐姐正在籌備她的第二家美容院，她遞給我一沓錢，從那時起就不再與我爭吵。走之前我回家收拾東西，媽媽在一旁淘米。媽媽一言不發，也沒有看我一眼。我拿好了東西就跑出了家門。

我在外面的第三年給媽媽打了個電話。我說媽，我是小藍。媽媽好一會兒沒說話。我在公共電話亭裡，拿著聽筒的手快撐不住了。媽媽的聲音終於虛弱地飄過來：你平安就好。

我掛了電話。我在電話亭裡放聲大哭。隔著滴雨的玻璃，我看見外面等待用電話的一個男人，正陰鬱地看著我。

二〇〇〇年四月

是誰教給我生活的道理

夏天將至的時候，我在北京朝陽區西壩河一套租來的房子中，已經快瘋了。那會兒我經常打很長時間的電話，主要是跟我的男友談感情。我們倆的感情基本上是被談壞的。電話線拉長了有兩、三米，我就在這兩、三米的半徑中畫圓。我坐在一把黑色轉椅上，時不時跳起來，邊衝話筒嚷嚷邊伸腳踩向一隻快速爬過的蟑螂。我的眼睛異常敏銳，我的耳朵忙著聽沉痛的表白和憤怒的駁斥，我的心在顫抖，「等一等，」我說。一隻蟑螂出現在離我三、四米遠的書架上。我放下聽筒，我的右手早就握著一團衛生紙，我撲將過去，它飛快地鑽進了書堆。我早已勝不驕敗不餒，接著坐回椅子上，拿起聽筒，「你說吧。」「我覺得你太自私了……」我的男友馬上接茬他的控訴。

回想起去年夏天，剛剛搬進西壩河的時候，我們的心情是多麼輕鬆和飛揚呵。那會兒我們既比較有錢，又處於異性相吸的階段，對將來還懷著具體的希望。我的男友住在北京遠郊一所空蕩蕩的房子裡。我們在顏料的香味和亞麻布的臭味中，緊緊地貼在一起，度過了一個迷糊的春天。春夏之交，他十分激動地說他要畫一批新畫。我十分激動地說我要辦一個雜誌。我還十分激動地看見了一隻蟑螂。老實說，這隻蟑螂深刻地影響了我的情緒，同時深刻地影響了當時的愛情。我雖然住過不少破爛地方，相熟於老鼠蚊蠅，甚至還恍惚見過蛇（那時住在準農村），但就是沒見過蟑螂，沒想到這一年迎來了蟑螂元年。

那隻蟑螂被我在打開碗櫃的一瞬間發現了。我的尖叫和男友衝過來的速度一樣快：「怎麼啦？」我指著剛才蟑螂爬過的、現在一片空白無辜的地方說：「蟑螂。」

這樣說來，我肯定是見過蟑螂的，要不怎會知道那個東西叫蟑螂。但這些已經不重要了，男友無微不至的安慰和解說也不重要了，重要的是，我覺得每個碗都是髒的，每根筷子都被蟑螂爬過。既然那個蟑螂跑掉了（我當時哪有今年夏天這般純熟的滅蟑螂的技術），我的怨氣全部轉嫁到男友身上。他也眞夠冤的。在我堅持不懈地盤問下，他招供他剛搬進這套房時，一打開碗櫃，裡面密密麻麻全是蟑螂。他說：「沒事的，寶貝，雷達藥很靈的，我只噴過一次，都沒了。」他語氣輕鬆地說：「今天你看見的是隻漏網的。再噴遍藥就行了。」

男友的房裡現在全是藥水味兒了。因爲我堅持把每個角落都噴一遍。在嗓子被嗆得發癢的情況下，我既不想做愛，也不想吃飯了。男友的耐心被我的偏執激怒了。問題從嬌氣、是否該入鄉隨俗，擴展到我國人民的普遍生活環境，最後昇華到我愛不愛他的問題。我的思路則延伸爲對郊區的仇恨和對同居生活的厭煩。在此之前，對我們的生活我一直是抱有甜蜜的熱情的。他畫畫，我看書，他做飯，我洗衣裳，周末進城與朋友們喝酒。我操辦他除了畫畫之外的一切外交事務，以便使他更容易地賣出畫而我們可以更專心地戀愛。這本是男耕女織的幸福生活呵。在郊區我坐在農民的板車上去菜市場買菜，我在花花綠綠的大馬路上拍了一大堆黑白老照片，我看著骯髒的街道與溝壑縱橫的臉文思如泉湧，寫了一首半詩和兩個劇本。在遭遇蟑螂之前，總而言之，我們感覺好極了。

我要搬進城的想法就這麼形成了。男友和我經過一段時間的調整，在幾天的爭吵與冷戰之後，重新和美地抱在了一起。男友說，其實這樣好，你能更好地做事，我也可以安心畫畫。我說，是呀是呀。我們相互支撐著，編織出一幅事業蒸蒸日上的圖畫。我說過我們那會兒還是很有理想的人，在理想主義肥胖的羽翼安撫下，把說不出口的東西通通變得光明而高尚。

這樣，當我剛剛搬進西壩河，環顧四周潔白的牆壁時，我們倆心情愉快極了。這是套嶄新的兩居室，沒人住過。經過男友的培訓，我對蟑螂已經有了進一步瞭解。我知道沒人住過的地方，蟑螂出沒的可能性接近於零。蟑螂很愛人群，從不肯獨居。在入住之前，我們噴了三遍藥，又晾了三天，才一股腦地搬進來。上樓梯時我注意到男友一閃而過的憂心忡忡的表情。樓梯很破舊，憑我已有的知識，我知道蟑螂也很愛破舊。不過，我鼓足勇氣地想，我的房間一定要做到，出污泥而不染。

去年夏天很漫長，但還是過完了。當時主要的問題是炎熱。這個不至於影響我們之間的感情，怨氣全發洩到北京這座城市身上。去年夏天還發生了不少琳琅滿目的事，但我記不太清了。夏去秋來，秋去冬來，冬去春來。春天來臨的時候，變化已經很大了。我的辦雜誌計畫徹底流產了，這牽扯到另一個故事我現在還不想說起。男友在一個冬天勤勤懇懇地畫了一大批新畫，我覺得這批畫實在沒有什麼意思。我私下想是感情把他毀了。感情怎麼能給藝術靈感呢，一有了感情，觸覺總變得遲鈍不堪，還婆婆媽媽的。他後來跟我說我不喜歡這批畫是因爲我不愛他了。他那時是這麼想的。可那時我們什麼也不說。我只說：「該做個畫展吧？」他說：「對，夏天做吧。」他還安慰我說：「辦雜誌本來就不適合你。」

然後我在上廁所的時候看見了第一隻蟑螂。

確切地說，我在今年四月一個春光明媚的下午，在西壩河一座養育了無數蟑螂的舊樓中，當我正蹲在馬桶上如廁的時候，看見了第一隻被我看見的蟑螂。幾個小時後，這一點推測成爲明朗化的事實。

我當時沒有尖叫。我一個人在家尖叫是沒有必要的。我冷靜地順手扯下一團手紙，把那隻悠哉悠哉經過我腳下，正圍繞馬桶底部邊緣散步的蟑螂按死在瓷磚地上。隔著手紙我捏起它的屍體扔進了紙簍。隨後，我起身沖水，洗手，照了照鏡子，出門去買滅害靈。

沉重打擊是在噴過一遍藥後的幾分鐘裡來臨的。我噴完後去洗了手出來，瞧了一眼客廳裡離我最近的冰箱。十來隻蟑螂正從冰箱底部往外爬，好幾隻掙扎著，滾來滾去。我跑到廚房，狠下心檢測陰暗的死角（廚房也是洗衣機排水的地方，下水道周圍一直爛糟糟的）。好像沒什麼動靜。我戴上橡膠手套，翻開一塊不知爲何用的可疑木頭，我倒吸一口涼氣，木頭從我手中甩出去，砰地砸在地上。

男友很快趕來了。我們倆一起注視眼前的局面。廚房、衛生間、桌子裡的抽屜、書架、地上鋪的草席、衣櫃，到處都是蟑螂的宿營地。男友思索了一會兒說：「四月是繁殖的一季。」

一開始我們還有信心，相信雷達蟑螂死光光的諾言。短短一個星期內我們確實用藥水和自己的雙手雙腳消滅了數以幾十計的蟑螂，可一個星期後蟑螂的數量好像沒有變動過。我至今狐疑的是，如果我那天沒有看見第一隻被我看見的蟑螂，是不是我家的蟑螂就會永遠安於現狀，在地下生活，而不像現在這般大張旗鼓地浮出水面。

那時候我開始寫作了。男友正在籌備夏天的畫展。蟑螂成爲我們四月分的主打話題，到五月分就漸漸淡了。我們新的話題是重複一個顚撲不破的眞理，愛情藝術不可兼得。辦一個像模像樣的畫展是件瑣碎的事，他在終日的奔波操勞中，對蟑螂的心也就漸漸淡了。他確實是惦記我的，他好幾次跑來幫我做飯滅蟑螂，可我更寧願一個人面對電腦，或者跑出去跟我新的狐朋狗友喝酒。

我對常常看見蟑螂已經習慣，這並沒有降低我對它們的仇恨和滅它們的決心。直到有一天我打掃衛生，到了電腦這一塊，從鍵盤裡飛快逃出幾隻很小很小的黑蟲子。有一個笑話說嫉妒麵條的饅頭看見方便麵時大喝一聲：你別以爲你燙了頭我就不認識你啦！此刻我的心情與饅頭同。我進一步檢查了我的電腦桌，四個抽屜中發現了五隻蟑螂。抽屜是密封的，裡面有紙張。多好的一個窩呀。能生則靈，蟑螂的計謀跟我國五十年代的人口方針取得一致。我注意到桌面上許多可疑的黑點，原先以爲是煙灰和髒物。現在即使是煙灰和髒物，我也不能心安了。我還發現鍵盤對蟑螂簡直是個遊戲迷宮，每一隻都挑一個字母或數字住下，安居樂業著，時常串串門。

從那天起我就完全絕望了。

事實再次證明（事實總是在證明不幸），我的絕望很有道理。我後來經常打著打著字瞧見一隻蟑螂從鍵盤裡鑽出來探頭探腦。我後來還聽說有人批評我寫的東西不連貫，思路不清晰，不知所云等等。他們怎麼能瞭解客觀情況呢？主觀上我很想一氣呵成的，客觀上難以爲繼而已。每逢鍵盤裡爬出蟑螂，我立刻轉換注意力，先打蟑螂再打字。打蟑螂可不像打字那樣百發百中。反正我對消滅種族已沒了信心。打死一個算一個吧。

六月初我向房東提出退房。房東顯然很不高興：「你不說要住兩年嗎？」「實在對不起，我得去趟南方。我在那邊有份工作。」

六月我的靈敏度和警惕性空前高漲。我的屋裡到處是衛生紙，我的右手時刻拿著一團。雖然我早就不怕蟑螂了，但對其深刻的噁心還保留著。我不願直接用手碰這種低級下流、黑乎乎、油光光的東西（我不知叫它昆蟲還是動物）。有一次我的男友在追趕一隻蟑螂時忽然怪叫道：「我操！蟑螂還會飛！」即使它會飛，我也不願稱其爲昆蟲，昆蟲一般是比較可愛的。它也不配做一個動物，動物一般都很有性格。它到底是個什麼東西？看來我們對它的瞭解還很不夠，所以打不贏仗。

平心而論，這也不是一場戰爭，僅是一場入侵。蟑螂倒從來沒咬過我，從未跑進一盤冒著熱氣的菜，從不侵犯我手中的茶杯，從不與我爭搶老大的地位。它們滿足於垃圾筐裡的剩菜、水池裡的污水，它們在我不用茶杯時將茶杯撫弄個夠。從物質上彼此的傷害程度論，我是個不折不扣的入侵者，光蟑螂藥我就買了五、六種，堅持不懈地實施滅絕實驗。再加上我越來越靈活的腳，越來越毒辣的眼神，時刻準備著的右手，每天都能消滅三至四隻。注意，我說的是平均數值，有時一天弄死個七、八隻也不在話下。但是從精神傷害方面看，我徹底地失敗，徹底地被損害。蟑螂的無爲而治取得了輝煌勝果。前面說過，我已經決定搬家啦。

我不能跟蟑螂和平共處。我一看見它就想滅它，而它們常常被我看見。悲劇就是這樣誕生的。悲劇的擴大化在於，我根本消滅不了它。最初，我勤於換藥水的品牌，噴的時候不無得意地想，哼，你們還沒回過上次的味兒，新的又來啦。我天眞地以爲長此以往，終會有成效。我簡直白讀當代哲人的名言了。科技算個什麼東西呀，在蟑螂面前，合資公司也好獨資公司也好土生土長的公司也好，啥藥也沒用。估計化學家們也愁著呢。

六月底我跟男友不停地爭吵，吵得嚴肅認眞。天氣開始燥熱，與其大老遠跑出門，約個地方汗流浹背地對著吵，不如在電話裡吵，方便、隨時、省車錢。那時房間裡已草木皆兵，一切活動的、靜止的、半個指甲大小的物體，只要被我的火眼金睛一掃，立刻現出原型。甚至不用眼睛了，我的觸覺遍及全身心。即使漫漫無邊的黑夜，渾渾噩噩的靜寂中，我也能心酸地感到，它們都在這兒，正和我同床異夢。

男友的畫展在七月分如期舉行了。我沒有在他身邊。我對房東只撒了一半謊，我去了南方，當然不是爲了工作。男友幫我把兩個桌子、三箱衣物、六箱書、七個編織袋搬到他的住處，送我上了火車。離火車發車還有十幾分鐘時，我們已安頓好行李，在站台上抽煙。周圍一大群即將分離的畢業生，抱在一起哭哭啼啼，悲壯地、莊嚴地彼此握手擁抱。我們倆傻站在一旁。發車的鳴笛聲遲遲不響。

我的哥哥在蛇口一處高尚住宅區擁有兩套公寓。他早跟我描繪過，從窗口望去，一邊是山，一邊是海。我在火車上一直用此情此景來安慰自己。臥鋪的第一夜，我就覺得脖頸髮根處發癢，抱著宿命的心情爬起來一看，一隻隨車旅行的蟑螂。車窗外的燈火忽明忽暗的，隔壁有個嬰孩放聲大哭，對面有兩套呼嚕聲一浪高過一浪。

在南方我對蟑螂的認識又有了新的飛躍。我獨享一套公寓，我的臥房面朝大海，哥哥家的保姆照顧我們一日三餐。我再沒什麼可抱怨的啦。我非常小資地抱著果綠色浴巾，幸福地來到裝修華貴的衛生間洗澡。我發出一聲淒厲的尖叫。這次我眞的沒有誇張。像核桃一樣大。

我的哥哥嫂嫂都笑起來。我堅持說：「絕對不是蟑螂，是個特別特別大的……」

嫂嫂說：「是呀，南方的蟑螂就是挺大的。」

哥哥說：「好多香港人把它當寵物養呢。」

嫂嫂很體貼地：「你習慣就好了。」

我重新變成個好學的人。我一再要求他們和我深入探討下去。嫂嫂耐心地向我介紹了家裡的蟑螂情況，她像蟑螂一樣無爲而治地說：「反正滅不了的，這東西。」哥哥說：「你看你，廣州人還吃呢，營養很高的。」「你們吃過？」「那倒沒有。」他們同時搖搖頭。

我在高尙住宅裡保留了在北京低檔住宅裡的習慣，擦亮眼睛，高度警惕。我以前曾以貧富來判定蟑螂的有無，這是多麼地狹隘和愚蠢。我吃東西前把已洗乾淨的碗筷再沖一遍，打開抽屜後先觀察一分鐘再伸手取東西。哥哥一家人都是這樣做的，神態安詳而舒緩。哥哥家有各式各樣的蟑螂藥。他們定期噴一遍，從他們的熱情程度和效果來看，這完全是一種可有可無的姿態，就像一日三餐一樣儀式化，決不用深究其存在的必要性。每個星期天，睡懶覺、收拾房間、洗衣服、噴蟑螂藥、帶孩子去公園、去海邊吃頓飯、回家玩遊戲或上網，這是哥哥一家休息日的例行程序。他們對待蟑螂的平和態度就像對待生活一樣。這份從容深深地教育了我。噴藥是理所當然的，但決不能因此就有所指望。再說，爲什麼要仇恨蟑螂呢？爲什麼不能以愛撫哈巴狗的眼神憐惜它呢？爲什麼不能像尊敬師長那樣尊敬它呢？人類都死光了蟑螂還會活下去，跟蟑螂鬥完全是自取其辱。爲什麼打字時看見有蟑螂經過我不能懷抱一種優美的心情呢。多好呵，兩個黃鸝鳴翠柳呢。

嫂嫂優雅地舉起了滅害靈，手臂在空中搖擺，手指輕輕按下。熟悉藥味的蟑螂們紛紛踱出來，像吸大麻那樣吸幾口，又是星期天啦。隨後，蟑螂們有些飛了，搖搖晃晃地跑到大客廳裡玩耍。哥哥坐在沙發上看足球報，嫂嫂打開電視看股市行情，孩子在地毯上蹣跚學步。我在陪孩子玩兒。六、七隻蟑螂在我們的腳趾頭周圍爬來爬去。嫂嫂不停地發出歎息聲：「怎麼又跌啦！」我叫道：「臭寶寶又尿尿啦！」正在廚房做飯的小保姆趕緊跑了過來。

這時，北京那方也傳來了蟑螂的消息。男友打來電話：「有件事很糟糕。」「畫展被封了？」「不是。現在我這兒有不少蟑螂，搬家搬過來的。它們還活著。」

男友還說：「沒事，我已經噴過兩遍藥了。你回來後再搬一次家，估計就沒了。」

從他的語氣中我聽得出來，男友同樣在進步。他也就這麼一說，我也就這麼一聽。這使我對我們倆的感情生活又重新抱有了希望。

「你再多噴幾遍。」我說。

二〇〇〇年八月二十三—二十五日

你笑什麼

1

完事之後，我空空蕩蕩。四周很安靜，我漸漸聽見喘息聲。我慢慢爬起來，我看見了自己的衣服。它們一絲不苟地掛在椅子上。外衣撐在椅背上，毛衣和秋衣是一起脫的，搭在外衣上，褲子小心地沿著褲線疊好，壓在毛衣和秋衣上，內褲平整地攤在褲子上。

必須穿上它們。

我一件件穿上它們，按照順序。我穿得很慢很仔細，和我平時做每件事一樣。穿完後，好像有什麼熟悉的東西又回來了。我這時發現，除了衣服和我，這裡沒什麼是我熟悉的。我警惕起來。四周並不安靜，背後有吱吱扭扭的聲音，我轉過身，一張彈簧床，床上七零八落的，眞該好好收拾一番。

我敢發誓，我是先看見她的笑，才看見她的。床上有一張女人的笑臉。她咧著嘴，傻呵呵地笑，目光直視前方。那一刻我並沒有生氣，除了認爲她笑得不夠標準。在我向她指出這一點之前，我注意到她幾乎赤身裸體，只剩一件鵝黃色的小背心向上翻捲著，露出一對平淡的沒有年齡的乳房，肚皮上有一圈贅肉。她的雙腿呆呆地叉開，陰毛稀疏。她的手臂撐在床上，手指分得很開。她彷彿剛剛坐起身來，忽然被什麼吸引住了，就停在了這個很不雅觀的姿勢上。

我已經開始生氣了。

我順著她的目光看去，電視螢幕上有幾個黑白的小人兒在動，沒有聲音。聲音被關掉了。電視上的人很眼熟，我飛速轉動腦筋，儘管這樣做我的頭會很疼。

我越來越生氣。我想不起來電視上那個穿黑衣戴黑帽留小鬍子的人是誰。她還在笑。我認爲她不應該笑，她不知道她這個樣子很醜麼？她究竟爲了什麼笑，怎麼能不搞清楚就隨便瞎笑呢。我就沒笑，我還沒搞清楚那個穿黑衣戴黑帽留小鬍子的人是誰。我不能笑，這不嚴肅。她太不嚴肅了。

我認爲我必須調查一下。

「你笑什麼？」我對我提問的聲音的規範化感到滿意。

她一下子就不笑了。她咧開的嘴拉長了，她的臉突然間失去了表情。她隨手抄起遙控器關閉了電視。她把捲上去的小背心拉下來，遮住醜陋的肚子。根本沒看我，她說：「三百。」

「我問你你笑什麼。」我極力壓住怒火，我的聲調聽上去還算適度。

她扭頭找什麼，從床角抓起一條內褲。她彎起腿，打算穿上它。她猩紅色的陰部像一隻爛柿子。

「維持原狀！」我衝過去奪下她手中的內褲，分開她的雙腿，像剛才那樣張開。我把她擼下來的背心重新捲到她的胸部以上，重新看到她微微顫抖的乳房。我的聲調有些嘶啞，我可能太激動了，應該平靜些。我提醒著自己。

她的臉一度有點茫然，但很快恢復了常態。她又面無表情了。

「要再來一次麼？兩次優惠，給五百就行。」她直直地看著我，就像看剛才的電視機。

「我再問一遍，你笑什麼？」

「我笑了麼？」她微微揚起眉，居然一派天眞。

那一瞬間，我差點被她所表現出來的無辜迷惑了。

她進一步轉守爲攻：「我笑什麼？有什麼好笑的？」

「問題就是，有什麼好笑的？」我的口氣軟下來。說心裡話，我已經不能確定她剛才眞的笑過了。

「本來就沒什麼好笑的。」她淡淡地說，順手又按了電視遙控器。螢幕上的小人兒又動起來。

我一屁股坐在床上，坐在她的對面。我有點空白。

這個時候，我忽然確實看見：她又笑了，傻乎乎地笑了，像天使一般醜陋和無憂無慮。

我的怒火砰地一下燒起來，衝過去掐住她的脖子。她的脖子很細。

「你還抵賴！快說，你笑什麼？」儘管氣得發抖，我仍極力控制著音調。

她的臉漲紅了，露出愚蠢無知的神情：「我眞的沒笑啊，求求你……」她的雙臂在空中亂晃。

可恥的人啊。「我最恨別人撒謊。」我盯著她的眼睛。

「我眞的沒笑……」她擠出的還是這句。

爲什麼騙我，爲什麼不告訴我，爲什麼你不能像我一樣，做一個誠實可信的人。

她仰面躺在床上，四肢攤開。她的腹部因爲平躺著顯得平坦，胸部也是，她整個兒就是個平坦的人了。她的臉像醬豬肝一樣，一點也不好看。我把床角的毛毯拉過來給她蓋上。那是一條粉紅色的毛毯，質地不好，邊上都起了絨球，髒乎乎的。

我掉過頭去面對電視。電視裡穿黑衣戴黑帽留小鬍子的小人兒在大街上走，我看了一會兒，忽然想起了他是誰。

2

孫老太跟賣魚的講了三分半鐘的價最終講價失敗但成功地順走了一條青色的小河蝦。當賣魚人轉身找裝魚的塑膠袋時那隻小河蝦正悄悄爬上魚簍的邊緣，孫老太只需用手輕輕地一碰它就掉進了她的菜籃子。

於是孫老太很愉快地付了魚錢。

孫老太挽著菜籃子走在回家的路上。菜籃子裡有扁豆、黃瓜、酸菜、一隻小青蝦、一只塑膠袋；塑膠袋裡有四隻小黃魚，丈夫一隻、兒子一隻、她一隻、兒媳一隻。今天是周末。兒子今天要回來吃飯。

孫老太是把黃魚和酸菜洗淨，放在鍋裡加水煮上之後，才得知兒子出事的消息的。那時兒媳已在客廳裡坐了許久，終於忍不住跑到廚房門口。孫老太正在往鍋裡加鹽，她的姿態從容並且很有風度。兒媳緊盯著孫老太的手，說出了那個可怕的消息：

「孫大勇被抓起來了。」

盛著鹽的勺在孫老太手中，仍然平穩。潔白的鹽徐徐地垂直落下，落進鍋中。

兒媳一字一句地，不甘心地接下去：「他殺人了。」

兒媳看見勺子晃了一晃，鹽在空中垂下的直線輕微地歪了歪，就像被風吹的。

兒媳歎了口氣。得知這個消息有兩個多小時了，她哭了一個半小時，發了半小時的呆。現在，來不及細想，她就從廚房門的玻璃上，看見了自己眼中的笑意。雖然剛才的大哭令雙眼紅腫。

兒媳聽見自己滿意地歎了口氣，來不及細想，她立刻嚎啕大哭起來。

3

孫老太在地上呆坐了半晌。

直到咕嚕嚕的湯水翻滾的聲音進入了她的耳朵。

還有帶腥氣的香味飄進鼻子。

湯一定是鹹了。

「這個小婊子！」

孫老太悲憤地將視線從一直盯著的一塊空地上挪開，挪向旁邊的一塊空地。她撐在地上的右手，忽然有些發癢。

一隻青色的小河蝦在她的手指間爬呀爬。

想起那個精瘦的刁鑽的賣魚人，孫老太不禁莞爾一笑。

但一隻小河蝦能做什麼呢？

這是個可愛的問題，因為它給此刻的孫老太帶來了些許煩惱。

4

賓館服務員齊燕紅：「我敲門，門裡沒動靜。我進了門，那男的坐在床邊看電視，床上躺著一個人……那女的，那女的躺著，還蓋著毯子，我以為她在睡覺。我問那男的收不收拾房間，他說收吧，他還說你們這兒的毛毯真髒。我先把衛生間收拾了，我又把床頭櫃上的杯子和煙缸收拾了，我心想還有人睡著怎麼收拾床啊，我就瞟了床上那人一眼……我就叫了，那男的……他沒什麼反應。我跑出了房間，邊跑邊叫，我怕死了……後來，後來他們派人守住門口，經理就給你們打電話了。其他的我就不知道了。」

警員劉偉濤：「好，謝謝你了。你先回去吧，需要時我們再找你。」

警員劉偉濤記錄完畢，抬頭看了一眼，有點不耐煩地說：「還有什麼要補充的嗎？」

賓館服務員齊燕紅：「他……他一直在笑。」

警員劉偉濤：「看著你笑？」

賓館服務員齊燕紅：「不不，他自己笑，衝著電視機。我開始叫喊的時候，他回了一次頭，他還在笑。他看著我笑，他自己也笑……」

警員劉偉濤：「行，知道了，謝謝你了。你先回去吧。」

這女人莫名其妙，警員劉偉濤想。

5

我覺得這一切都莫名其妙。這個穿天藍色衣裙的服務員姑娘莫名其妙的尖叫，這些穿制服戴大簷帽的傢伙們莫名其妙的嚴肅，這副手銬莫名其妙的冰涼，我的媽我的媳婦在鐵欄杆外莫名其妙的哭。你們哭什麼，我問，你們沒看過卓別林的電影麼？

二〇〇一年三月二十一日

哎，馬力

赤過三十六歲生日這天，決定請大家吃飯。赤打電話叫了幾個新朋友，又打電話叫了幾個老朋友。赤發現老朋友越叫越多，新朋友其實沒幾個。赤原先是畫畫的。赤放下電話就想起了從前畫家村的崢嶸歲月。赤坐在電話機旁，一臉深沉地復習以往的趣事，嘿嘿一樂時，就看見一個梳著兩條童花辮的小姑娘站在眼前，臉白白的因爲撲了粉，嘴紅紅的因爲塗了口紅，聲音裝得嫩嫩的：老赤，到底是去金福樂還是去西域食府啊？

說著，小姑娘順便坐到了赤的懷裡。赤驚道：喲，原來是老婆呀，你打扮得這麼嫩，人家會不會說咱倆亂倫？

張秦接到赤的電話，習慣性地說：哎，老赤，哪天一起喝酒……今晚？你生日？哦……好，行，哎，好，七點，金福樂，晚上見。張秦放下電話就想起和赤一起混過的日子。張秦想了想要不要給我打個電話。終於沒打。這是他晚上告訴我的。

晚上十點，我和書商簽定了比較平等的條約，一起喝了酒以壯士氣，這樣我口袋裡就多了薄薄的一紙合同。之後我上了一輛出租車，車裡開著空調，我一陣陣地發熱。這時候的路很順暢，大概十幾分鐘後我就可回到家。車開了幾分鐘，我慌了，很快就要到家了。我撥通了張秦的電話。

哎，是我。哎，幹嘛呢？沒事兒，你幹嘛呢？老赤過生日，你要不要過來？什麼人在？都是些老人。老人好啊，哎，我剛簽了合同，我要出書了。好啊，那更該喝一杯了。

我到的時候，餐桌的狼籍程度還很一般，人們大多坐在原位上。這樣的氣氛比一片狼籍更讓人心動。老赤依然穿著他那著名的民俗味兒的紫紅馬甲，光頭錚亮，濃眉大眼正擠成一堆，描述著兼模仿著一個可笑的人，忽然眉眼就鬆開了，停頓了一秒，又擠出一個誇張的笑：喲，美女來了，快，坐到你赤哥——不，張哥哥這邊。

椅子們被屁股們占滿了，我坐在了張秦的腿上。張秦招供說，他們已喝了三種酒，六十七度的白酒、葡萄酒和啤酒。桌子是長條型的，我們左邊坐著飛和老肅。右邊坐著焦越。焦越旁邊的人我們都很眼熟。對面坐著赤、赤的老婆、馬力、小虎，還有一個不認識的女孩。小虎的名字我是過了兩分鐘才想起來的。我說：哎，還活著呢？他說是啊，那能怎麼辦。我又衝著馬力說：哎，馬力。

你可以在任何一種場合看見馬力，然後忘記他，直到兩年後在另一種場合又看見他。雖然北京有不少這樣的人，但沒有比馬力更絕的。沒有人知道他在做什麼，靠什麼活，住在哪兒，有沒有女朋友，跟誰是朋友。每個人都親切地拍拍他的肩：馬力，馬力。好像大家昨天剛見過面似的。我印象中，很多很多年就這樣過去了。

馬力一點也沒變老。他穿著件藏藍色的絨衣，臉上的笑容又機靈又閒散。這些都不會過時。這些簡直就不在時間裡面。

赤老了。大夥兒都叫他「老赤」。老赤的酒意一點點上來了，他開始拖著矮壯的身子，滿屋子亂竄。他揪著張秦的手，掏起心窩子：張兒，你說，這麼多年，咱圖什麼？不就圖個朋友……聚……麼……咱喝酒？我明白，我明白，張秦一臉誠懇，來，乾了！

赤竄到飛和老肅旁邊。赤直楞楞地盯著老肅的眼：老肅，這麼多年了，你從來什麼都不說。赤接著做了個威武的手勢：你不用說，我都知道！好哥兒們，乾了！

老肅嘴唇動了動，還是什麼都沒說，舉起杯子乾了。

我時不時相遇馬力的眼神。張秦在我耳邊問：累不累？累。走吧？走吧。我和飛咬耳朵：走嗎。她點點頭說，走，你說一聲。我說讓老肅說。飛說讓張秦說。張秦說讓焦越說。最後我們幾個糊裡糊塗地站起來，趁著老赤也糊裡糊塗的時候，說了些太累了還有事之類的話。馬力也站起來道別，他很怪異地捏了捏我的肩。這個動作非常曖昧，似曾相識。我想多年前我們肯定有過類似的告別，也就是說有過類似的聚會。

張秦、焦越、飛、老肅和我，一層層裹上厚重的冬天的衣服，從熱氣騰騰的飯館出來，像五隻大狗熊一下子堵在了清冷的窄街上。一時沒有說話，各自點上一根煙。飛說：李明新開了個酒吧，要不去坐會兒？

焦越剛才在飯桌上一直低著頭，現在打起了精神，拽著大夥兒，走走走，上車。

焦越的車開得飛快。我們嚷著：放中文歌、放中文歌。

有人說：要不去唱卡拉ＯＫ吧？

好啊好啊。大夥嚷道。

李明端坐在酒吧深處，像個舊時的老太爺。酒吧布置得非常小資，牆漆成玫瑰紅色，有曼紗垂下，花型的壁燈隱藏得很淒哀，深藍色的天鵝絨沙發摸上去很柔軟。印度音樂如泣如訴，像月光下靜靜流動的水。

酒吧分上下樓兩層。樓下只擺了一張桌子，圍了一圈椅子。李明坐在最裡面的一把椅子上抽煙。喲，來了——他雙眼半睜半閉，半睜的時候看見了我們。

我們飛速地乾了一圈酒，飛了一根，飛得更高了。李明快有兒子了，我們問他：你給兒子起名了麼？沒想好呢。我說，哎，叫「李的」吧。張秦說，小名叫「您的」，以後你兒子跟人做愛，別人喘氣時叫「您的、您的」……我說：不，大名叫李白勺，小名叫李的。大夥兒笑著說：

好，好，就叫李白勺，比李太白好聽。

焦越問我和張秦：你們有孩子叫什麼呀？我說只能姓尹，張太難聽了。張秦說有女兒就叫「張不張」。操，太淫蕩啦，焦越說。我說，焦越，你兒子就叫焦不交，後面帶個問號。飛說，川兒你家女兒該叫騷騷。太好聽啦，我和張秦異口同聲，尹騷騷！我說，我生三個，第二個叫尹浪浪，第三個叫尹蕩蕩……

操，你家騷騷以後別勾引我家白勺。李明說。

那當然，先勾引，後拋棄。我斬釘截鐵地說。

始亂之、終棄之……飛不知何時開始，一直在說文言文。

老肅從來一聲不吭。一聲不吭的老肅一聲不吭地消失了，回來時拿來了一盒羊肉串。大家歡呼一聲。李明大喝一聲：小陳！餐巾紙、鹽、辣椒油！

我們越吃越餓。我說：眞想喝碗牛肉湯。焦越說：行啊，我們先去買塊牛肉，再燉，放蔥花，不放大料，加半鍋水……哎，飛又醒過來了：咱們去那家牛肉麵館吧？哪家？那家呀！以前咱們老去的那家！

爲了去不去牛肉麵館我們相持了半天。張秦說：算了吧，太累了。他站起來，看見別人依然舒服地坐在沙發上，他又坐下來。過一會兒李明又站起來：走吧。走啊!?沒人響應，我們像多年以前那樣說：待會兒，著什麼急呀。

我們累得面色鐵青。煙熏得眼睛乾澀。酒已經喝不醉了，也喝不下去了。手裡一次次拿起啤酒瓶，不過是慣性作用。我一根根地點煙，抽了一口又掐滅。

今晚有的是時間。多年前的每一個夜晚都有的是時間。

我們終於起身，去找那家牛肉麵館。我們在三里屯南街的冬夜裡搖搖晃晃，沿著從前熟悉的路線，拐上三個彎兒，掀開一家店的紅色花布門簾。

店裡很溫暖。木頭桌子、昏黃的吊燈、幾桌正吃麵的閒人。我們東倒西歪地坐下。「一碗大的」、「一碗小的」、「一碗大的」、「一碗大的」、「一碗小的」、「一碗大的」……服務員口齒清晰地說：那總共是四碗大的兩碗小的？我們挨個認眞地重複：「一碗大的」、「一碗小的」、「一碗大的」、「一碗大的」、「一碗小的」……服務員這次糊裡糊塗地說：那總共是兩碗小的四碗大的？

飛趴在桌子上。我雙手托腮。張秦眼神發直。李明呆呆地說：餓了。老肅嘴唇動了動，終於說：眞餓了。焦越說：千萬別先上一碗。要上一起上。張秦說：這家的麵太好吃了。李明附和道：太好吃了。

等了很長時間，六碗熱氣騰騰的麵一起來了。我們略微活動了一下身子，揉揉眼睛，強打精神，開吃。

我吃了三口，說：鹹。李明點點頭。我衝著張秦說：你不覺得鹹嗎？鹹。老肅也點點頭。焦越悶頭狂吃，快吃完的時候抬起頭說：沒以前好吃。

李明回覆道：鹹。

我說：不光是鹹。沒以前香。

沒人理我。大家低頭喝湯。我問飛：你覺不覺得沒以前香？

飛說：是沒以前香。

飛又說：鹹了。

出了麵館的門，我們麻木的身體被冷風凍醒了一點。「哎喲」，大家放肆地打著哈欠。只見對面有三個人影，相互攙扶著，邁著橫七豎八的步伐，衝著麵館走來。

「操！老赤！」我們一通狂笑。

老赤、馬力、還有個不認識的外國友人也漸漸看清了我們。老赤絕對喝高了，不停地叫：哎，哥兒們，親愛的朋友們，青春萬歲！他的兩腿快扭成了麻花。

李明剛才沒去老赤的生日飯局，沒見到馬力，所以拍著他的肩說：喲，馬力。馬力還很清醒的樣子，對大夥兒微笑著說：高了，吃點麵去。他路過我身邊，右手輕輕捏了捏我的肩。

雖然我穿著臃腫的大衣，我還是感覺到了馬力的動作。雖然我的腦子累得不想運轉，我還是一遍遍地想：爲什麼他的這個細微動作會讓我一遍遍地想？他右手輕輕捏了捏我的肩……爲什麼單單是我的肩？爲什麼同一動作在同一部位重複了兩次？他右手輕輕捏了捏我的肩……我和朋友們摟摟抱抱慣了，我從不留意那些熟悉的親暱。關鍵是這個動作似乎毫無必要，關鍵是我毫無必要留意到這個動作。既然沒有必要，那麼他右手的動作蘊涵著某種含義？暗示？我這樣仔細地回想，說明我已經接受了某種暗示？沒有我的留意，這個動作才眞的毫無意義。我留意了，它又有什麼意義？我第一次見馬力是什麼時候？第二次呢？我怎麼知道他就是馬力？其間過去了多少年？他曾經和我很熟麼？他知道我是誰麼？無論如何，再見馬力肯定又是幾年之後了。今夜我想不清楚，就永遠也想不清楚。在即將到來的年月裡，馬力將繼續消失，我們將繼續忘掉馬力。

和兩個月前我們最後一次見面時一樣，張秦自然而然地摟著我鑽進同一輛出租車。關上車門之前，我們仍然聽見老赤在遠處叫喊：青春萬歲！耶——

「這孫子。」我們喃喃地笑著，關上了車門。

二〇〇〇年十二月一日

預備——跳！

1

不要跳！！！

不要跳！

不要、不要、跳……

大家急切地、深情地倒著小碎步圍攏過來，仰頭望著房頂。她站在露台上，長髮迎風飄展，淚水盈盈，在陽光下化爲一顆顆珍珠，撒落下來，砸得大夥兒臉龐生疼。

我不想活啦……

唉，其實我們也不是很想活。

我受夠啦！

嗨，都差不多吧……

那我跳啦……

那……不太妥當吧……

爲什麼？你們說，爲——什——麼——？

樓群四周迴盪著悲憤的女聲——爲——什——麼——爲——什——麼——麼——啊——啊——啊——

2

（女人）啊——啊……

（男人）啊——啊……哎……咦……對面好像出事了。

你怎麼回事啊！趴著的女人氣惱地轉了一下腦袋，斜著眼質問道。

對不起對不起，陳太太，我，我看見對面有人要跳樓。

眞的麼!?陳太太飛速從男人身底下鑽出了來，滋溜一聲竄到窗前：哎呀，眞是的，年紀輕輕，怪可惜的。

透過玻璃，可以看到對面樓頂的那個女孩，正激烈地揮動手臂，和樓底下的人探討著什麼。

陳太太歎著氣回到床前，嘴裡念叨著，「準是讓男人們給害了。」她的目光落回到男人身上時，變得嚴厲起來：

不過，小B，我不得不批評你缺乏職業道德。別說有個姑娘跳樓，就是你媽正要跳樓，你這兒正上班呢，也不能分心啊……唉，陳太太扭頭看了看對面的樓頂，語調由激昂轉爲低沉：眞是個純情少女，這年頭還尋死覓活的，不容易，可惜了。

我、我不是故意的，這不是第一次發生這種情況麼？不是天天都有人要跳樓的，我敢說，正好在您包下的房間的正對面的高樓上準備往下跳而又正好被我看見了的人，估計就這一個。可剛才，知道麼，剛才，我快來啦。這對我多不容易你知道麼？我的痛苦你能理解麼？不是次次都會有高潮的，你也跟我做了十幾次生意了，也就這一次有點戲。你那上崗證是不是假的啊？參加工作前培訓過麼？

當然了。您不信咱們馬上給公司打電話。我還是九九級的優等生哩。

是麼，研究過《金賽性學報告》麼？

這個……倒沒聽說。主要是上實踐課。

我說呢，不讀書哪行啊。沒文化是做不好這一行的。現在的年輕人，太浮躁，一點責任感都沒有……

3

姑娘已經很累了，聲音也嘶啞了。從十七樓的高空往下傳遞聲音可不是件很容易的事，她經常不得不重複兩次。有時侯，她的一句話會被風颳歪了，樓下的人光看見她變動激烈的嘴唇。被風颳跑的那句話，掉在相鄰幾條街的人行道上顯得沒頭沒腦的。樓下的人也很累了，並且，仰視總是比俯視要累，主要是脖子酸。但是，俯視要比仰視容易頭暈。

我要吐啦。

行，只要你下來，想怎麼吐都行。

我就是不明白，他爲什麼這樣對我。

姑娘，你就饒了我們吧。趕緊下來，天黑了，我們也得回家吃飯了。

那你們就讓我死吧。

那怎麼行。你眞是少不更事，想死哪有那麼容易，你以爲我們沒想死過……難著呢。改天吧，今天下雨了。哎喲，這雨還越下越大啦……

4

那……陳太太，讓我們重新開始，這次免費。

什麼?!你也太沒人性了。對面有姑娘要跳樓，你居然還想讓我幹這種事，我能有心情麼?

虧你開得了口……

您批評我缺乏職業道德，我，我不服。我必須讓顧客滿意。

爲了挽回你的名譽，你就不顧他人的死活?年輕人啊，你眞是一點同情心都沒有。趕緊，拿了錢，給我走人。

5

一場中雨正在進行，既不是淫雨霏霏，也不是大雨傾盆。天是青綠色的，既不明亮也不黑暗。大夥站在雨中，悲壯地、肅穆地，肩並肩，手挽手。姑娘站在樓頂，抬頭收腹挺胸，白色的裙子向上飛揚著。

小B從飯店門口出來，穿過馬路，匯入樓下集結的人群。他仰望樓頂上的姑娘，幾滴雨水落在他眼裡，還有姑娘的白色內褲閃出的光芒。

小B又累又餓。但他發現一走進這個圈兒就不好意思走出去了。大夥兒都是那麼地善良。這世上想要找出一個見死不救的人，實在太難了。

活著對我失去了意義……姑娘哽咽著說。

意義？眞是個有理想的姑娘。小B幽幽地想。

求求你們，大叔大嬸，你們就別管我啦……

姑娘的聲音十分懇切和淒涼，小B不禁鼻子發酸，眼圈一紅：那，要不咱們就讓她死吧？

哎，這人怎麼說話呢……旁邊的人紛紛轉向小B：小夥子，做人得有良知，同情心，道德感，敬業精神……人家姑娘多執著啊，站了那麼半天，人家容易麼。我們做勸導者的，不能要小孩子脾氣。你以爲我們就不想讓她死？但我們不能啊。只要她想死，我們就不能讓她死。這就是我們的職責。

就是，你這人怎麼這樣，換了你，你有勇氣麼？你有這份堅苦卓絕的耐力麼？你站上來試試……姑娘感到很委屈，衝著小B喊。

6

小B記憶中這是第一次登上這麼高的露天樓頂，他往下瞟了一眼，頭暈目眩。底下黑壓壓的一片，姑娘的白裙混雜於其中，顯得格外耀眼。大夥都抬著頭，無限期待地注視著小B。雨越下越大了。風也刮得猛。小B覺得腿好軟，似乎一不小心就會被吹下去。

哎，我服了。我錯了。我不換了。我下來好不好？

你怎麼能這麼不負責任？現在你作爲一名尋死的人，怎麼能輕易就放棄自己的決定呢？我們還沒開始說服你呢。

噢……我就是……覺得活著沒什麼勁。

就跟誰活得有勁似的。

但，好像也沒必要馬上去死……

誰說的？我們覺得有這種必要。

是麼？那……

是啊。那……不如跳樓吧？

但……跳樓……又有點害怕……

其實也沒事，輕輕一縱，馬上就可解脫，再沒有痛苦……眞令人羨慕啊……

說的也是……

可不是麼……

讓我再想想……

別想了，什麼事就怕多想……

行，你們等等……

快點啊，別磨蹭，鍋裡的飯菜都要涼啦。

別急別急，拿出點愛心好不好？

行行行，我們挺得住……喂，準備好了麼？

好，來啦來啦。

好，跳吧跳吧。我們喊了啊，預備——一——二——

三！

二〇〇一年五月十三日

棒棒糖

現在，老張沿著報紙的中縫將報紙仔細疊好，放進裝有重要資料文件的紙袋，將義大利小豬皮的公文包的鍍金銅扣檢查了一遍。老張是這樣檢查的——把扣得嚴嚴實實的銅扣打開，再嚴嚴實實地扣上——他已經這樣檢查了好幾遍了，又再度按了按屁股後的錢包。他端起面前的可樂紙杯，快送到嘴邊時發現已經喝完了但還是繼續仰頭完成了一飲而盡的姿勢，然後他輕咳一聲，略微活動了一下面部肌肉，起身充滿自信地往檢票處走。檢票小姐微笑著接過張先生手中的機票，老張微笑著正準備邁開右腿，就聽見檢票小姐微笑著充滿自信地說：先生，您沒聽見廣播麼？去南昌的班機已經取消了，改成明天。

這怎麼行？我要去參加一個……

重要會議，檢票小姐替他說完了後半句，理解地衝他點點頭，我明白，我們都明白。旁邊的幾個檢票小姐一齊點點頭，我們都明白。

可是……

可是現在最重要的不是怨天尤人，您說呢？檢票小姐比剛才更加自信了，謝謝您的理解和支持，下一個。

老張回到機場的小咖啡廳，重新要了一杯可樂，這樣他就理直氣壯地似乎不經意地問服務員：請問一下，剛才廣播裡說去南昌的班機取消了麼？服務員很熱情地說，您沒長耳朵吧現在正在廣播呢。老張只好長出耳朵，就聽見大廳裡正一遍又一遍地迴盪著溫柔的女中音：親愛的乘客朋友們請注意，由於一些衆所周知的原因，由北京飛往南昌的九九九次班機已經取消……

果然是這樣。老張輕輕地對自己點了點頭，輕咳一聲，從紙袋裡拿出報紙，仔細地打開。他讀得很專心，不時感到報上的內容有些似曾相識。快讀完的時候，他抬起頭，瞥見服務員從吧台那邊往他這邊看，分明帶著一點蔑視和冷笑。老張受到感染，也開始覺得再坐在這裡有點不好意思。可是該去哪兒呢？老張的一生中還沒有發生過什麼意外。他重新把報紙疊得齊齊整整，放進紙袋，再次打開公文包扣得嚴嚴實實的銅扣然後緊緊地扣好，摸了摸屁股後的錢包，看了一眼錶，若有所思地起身離開了這裡，似乎還有許多重要的事情等著他去做。一走出機場，一陣陣白色的熱浪滾滾襲來，立刻打亂了他有點茫然的思緒，他飛快地鑽進一輛出租車，不假思索地說：幸福大街三號。

幸福大街三號的四葉豪華自動轉門上分別用立邦漆漆著四個大字「公」「司」「公」「司」。在轉門裡轉了幾圈之後，老張轉進了公司內部，心裡塌實多了，並且照例在靠近電梯的拐角處滑了個跟頭——地面是水磨大理石的，比鏡子更像鏡子，除了清潔工，幾乎所有的人都在這兒摔過跤。爬起來之後，老張的行爲舉止就更加自然了。雖然地面比衣服乾淨他仍舊撣了撣衣服，很快就找到了每天應該有的正常感覺，當然也面臨了每天都會有的痛苦選擇：爬樓，還是坐電梯？他的辦公室在二樓。還是坐電梯吧。他今天很快就決定了，這樣可以照照鏡子。

二樓有四十八間一模一樣的辦公室，分設在走廊左右兩端門對著門因此門總是關得很嚴實，每間辦公室裡有若干名主管和一名祕書。老張不太認得別的主管和別的祕書，作爲他辦公室裡唯一的主管他認得自己的祕書就夠了。現在，能見到可愛的劉祕書是他所能想到的最親切的一件事，雖然有一度他們的關係也不是十分的友好。主要是因爲劉祕書雖然身材窈窕卻有狐臭。老張曾經在某個夏天偷偷在桌子上放了一瓶西施蘭夏露以示提醒，沒想到第二天看見同樣的地方放著一瓶腳氣靈。既然兩個人的鼻子都同樣的靈敏，他們之間也就達成了諒解和寬容。隨著時光流逝，兩個人的鼻子都已經習慣了狐臭和腳氣的混合味道，因此現在他們都相信對方已經痊癒了。

老張推開門，看見劉祕書的背影佇立在窗前，心情舒暢地喚了聲：小劉。小劉嚇了一大跳，轉過身來，嘴裡嚼著一根棒棒糖，提防地瞧著他：你是誰？

是我啊，老張。

小劉仔細盯了他一會兒：不太可能吧？張主管不是出差了麼？班機取消了。他盡量使自己的聲調顯得輕鬆，自然。

怎麼會呢？

我也不知道啊。明天，明天我就走。張先生近乎討好地說。

太過分啦！

你是說航空公司？

嗯，小劉含混地應了一聲，氣憤地點點頭，吮吸了一口棒棒糖。太不負責了，不，幾乎就不可能。

確實是這樣，不信你可以打電話問。老張感到自己的語調並沒有什麼說服力，但他相信自己的表情很誠懇。

劉祕書思索了一會兒，大度地擺了擺手：算啦。我相信你。你坐下吧。

哎，太好了。老張幾乎想說聲謝謝但轉而改變了主意，他坐到了自己的辦公椅上，心中一片安寧，聲調也就恢復了適當的威嚴：小劉，拿工作來。

已經坐回對面繼續吮吸棒棒糖的小劉抬起頭：沒工作可做啊。

怎麼可能呢？你這樣就不負責了。

可你都出差啦。小劉委屈地說。

嗯，也是。那怎麼辦呢？

我怎麼知道！小劉突然變得很激動，你老都給我出難題。上次國慶節你非要加班，害得我到處找文件來給你簽字。現在能怎辦？能簽字的文件都被別的祕書搶光了。你以為我每天跑上跑下容易麼？

是不容易。可我也沒辦法。這是咱們的工作啊。再說，別的部門經常有好幾個主管，相比之下，咱們這個部門算清閒的了。就咱們兩個人。

就咱們兩個人……老張邊說出這句話，邊感到一股細微的害臊，好像他指出了這個早已存在的事實後這個事實就變得意味深長了：就兩個人，在一間辦公室裡。

小劉明顯受到他情緒的感染。她坐得很端莊，他因此覺出了她的坐立不安。

那麼，現在該幹點什麼呢？小劉的本意是想拉回正題，可話一說出口她立刻意識到，這彷彿是順著老張的思路往下說。

幹點什麼吧，否則別人會說閒話的。小劉很快冷靜下來，著重強調了「別人」兩個字。

別人？是啊是啊，老張習慣性地端起茶杯，怎麼沒沏茶？哦，對，因爲我不在。哎，我不在你來幹什麼？

我來上班啊。不上班，你讓我幹什麼去？小劉說著說著又扔出了怨恨的情緒，你看，我本來上班上得好好的，你本來出差出得好好的，現在可好，咱們又在一起了，那就得幹點正經事。

小劉——，老張遲疑了一下，這麼多年來，你是不是一直盼著我出差啊？

話也不能這麼說，小劉接茬道，不過你一出差，我倒是不太希望你回來。

我，我生氣啦。

那不行，別人不會同意你生氣的。

別人？哎，你說，老張壓低了聲調，這兒眞有別人麼？

噓——，小劉把手指放到唇邊，小聲點，別人聽見會傷自尊心的。

算啦，老張把空茶杯放回原位，咱們也不要管別人的閒事了。

就是，咱們哪有那份閒心。

好，言歸正傳，我現在派你去給我找點正經事做。

行，我姑且試一試。小劉對自己使用了「姑且」一詞感到很滿意，所以爽快地出了門，一分半鍾後又陰沉著臉回來了：沒有。然後她一屁股坐在自己的祕書椅上，不再發出聲息。沉默啊沉默。有一瞬間，老張忽然覺得，小劉正在變老，她的背佝僂著，牙齒迅速地掉光，頭髮大把大把地枯萎，臉皮一層層地深陷下去，掛在了骨頭上。

小劉，小劉，老張害怕地叫。

嗯，小劉懶洋洋地應著，發出老貓老狗的呻吟聲：妙，嗷，汪……

你別這樣，別這樣，是我不好。老張又愧又懼，你不要再擔心啦，我走。

你還可以回家……老劉喃喃地說，可我能上哪兒去呢？二十多年前我就離婚了……

對呀！回家！我可以回家！我剛才怎麼沒想起來呢。老張一拍額頭，同時為自己的自私感到歉意：對不起，老劉，對不起，我不該刺激你，那我走了，你可以獨自上班了。

嗷，老劉叮囑說，出去時小心點，不要讓別人看見。

知道了。老張心頭湧起一陣暖意：你想得眞周到。你放心，明天我就出差，爭取晚點回來。等我回來，給你帶棒棒糖吃。

妙，老劉粲然一笑，顫顫巍巍地舉起她乾枯如雞爪的食指，指著天花板的方向，她說：要美麗牌的。

基本上說，老張是個善良的合格的人。他不認爲自己犯了什麼錯理應受到這一次意外的折磨。這突如其來的一天的自由沉甸甸地壓迫著他，他還很少有像現在這樣無處藏身的感覺。誠然，把這白白的一天送給一個外人，沒準人家正求之不得。誰知道呢，世間還是存有不少消磨時間的運動方式的，其中一部分運動方式我們還可稱之爲「娛樂」和「藝術」。但那是別人的想法，跟老張沒有關係。老張需要的是內心的安寧。待在自己該待的地方做自己該做的事，人的一生就應該是這樣度過的。老張有時也會帶著憐憫的心情想要把這眞諦告訴給別人，可他知道，除了遭受誤解和打擊，不會再有其他的遭遇了。因爲大部分人總是在人云亦云中自以爲是，從不獨立思考，只會將聽到的莫名其妙的理論生搬硬套。比如，老張偶爾會想，如果以他爲原型寫一部小說，分析家們一定會分析出兩個字：異化。可憐的孩子們！老張想，什麼是異化他們還不知道呢，就已經被理論化了。如果有人竟然指責他過著一種單調枯燥的生活，那麼老張倒要嚴肅地請問對方辯友：還有比單調枯燥更豐富多彩的生活麼？還有比單調更豐富的豐富麼？

老張小心翼翼地背著公文包提著裝有文件資料的紙袋，小心翼翼地在街上走。他不想走得太快，以免引起別人的注意和懷疑，也不想走得太慢，以免引起別人的懷疑和注意。今天已是額外的一天了，不要再惹出什麼麻煩才好。在一群走得不快不慢的人當中，老張的步伐沉穩而不失矯健。此刻一切正常，街上的景色如下所示：道路一分爲二，左右兩邊分別有行駛正常的車輛煞有介事地朝著相反的方向行駛，雖然在另一個地方經過不斷地拐彎抹角之後它們又會併作一路共同前進。一左一右人行道上的人們也分別沿著相反的方向行進著，衣著正常，姿態從容，步伐一致，堅定地沿著自己的方向，他們沒有表情的表情宣布他們對此刻彼此的交錯而過毫不在乎。他們之間必定有不少人曾經交惡或者關係親密。當你走在馬路左邊，右邊與你擦肩而過逆向而行的人中不乏你的小學同學中學老師初戀情人你的仇家你的丈母娘或者昨天中午向你兜售保險的胖男人。而你居然走得那麼自信，不怕被人認出來，就好像你從來沒做過虧心事，就好像你從來也不曾留戀過誰。

現在老張拐到了一條比較僻靜的小路上，他的前面有一個人，前面那個人的前面還有一個人；聽腳步聲，老張的後面也有一個人。他們四個人的步伐基本保持了一致，沿著同一個方向行進。前面那個人不斷運動的後腦勺成了老張目光匯聚的焦點。走著走著，老張覺得有點不對勁，他聽見自己的喘氣聲越來越重，他感覺自己的腳步邁得飛快。他把目光挪到前面那個人的腳上，那人正箭步如飛。按照老張的體質，幾乎只有小跑才能跟上。哎，能不能慢點走啊。老張心裡嘀咕道。

哎，能不能慢點走啊？空氣中響起一個病懨懨的聲音，把老張嚇了一跳。我難道沒管住自己的嘴？

我難道沒管住自己的嘴？那聲音再度響起，像一個癆病鬼在呻吟。

這次，驚魂未定的老張聽清了，聲音是從身後傳來的。老張轉過頭去，看見一個身著西服面色蠟黃滿臉愁容的中年男人一邊迅速地搗著碎步一邊瞧著老張，哀怨的目光中帶有些許歉意：對不住，我跟您說話了。可是，您走得實在太快了。

出於禮貌老張不得不做了一個高難度動作——一邊急速前進一邊向後扭轉脖子——沒關係。可是，這不是我的過錯啊。

看到後面那個中年男人理解地點點頭後老張如釋重負地回過頭來，剛才在速度中的扭頭動作把他累壞了。這時，他前方那個男人也在加速度中完成了同樣高難度的動作，扭過頭衝著老張說：這也不是我的錯。老張急忙像身後那個人一樣衝著前方那個人點點頭表示理解。在這一刻老張忽然感到一陣溫暖並且心甘情願，雖然接下來發生的事情馬上使他改變了想法。

接下來，老張前面那個男人前面的那個男人聽見後面三個人的對話，緊張地往後看了一眼，突然拔腿跑了起來。

在第一秒鐘老張感到一片空白在第二秒鐘老張已經按照跑步的姿勢準備躍出前腿嘴裡的一句話呼之欲出：抓小偷——在第三秒鐘老張仍舊停留在剛才行走的姿態上並且一言未發；他已注意到他的公文包和紙袋仍牢牢地附在他身上。他未啓動的起跑和未發出的呼喊由他前方那個人一一完成。抓小偷啊！前方那名男子驚呼一聲，拔腿朝著最前方已經跑遠的那個人追去。

老張仍然不自覺地維持著疾走的速度，現在路上只有他和他身後的那個人。前面的兩個人早就跑遠了。那就不必走得這麼快了吧。老張試圖放慢腳步，但前方失去了參照的標準，一時間還眞不好拿捏。左腳落地後應該停留多長時間，右腳啓動後應該邁多遠，這時間的度和空間的度如何把握又如何協調。老張越走越不會走，他聽見身後那個人的腳步聲也顯得支離破碎，沒有章法。但兩個人依然走得飛快。

要不，您到我前面走吧。咱們最好走得慢一些。老張頭也不回地說，他相信後面的男子能領會他的意圖。

不不，您走您的。我跟著走就行。

可您不覺得很累麼？爲什麼不能慢一點呢？

無所謂啦。再快一點再慢一點，還不是差不多，能走著就不錯啦。那男人一副廣東腔。您剛才可不是這種腔調啊。老張狐疑地轉過頭去，只見身後亦步亦趨的那個男人身材矮小面容白淨，一副南方人精明能幹的派頭。

你怎麼變啦！老張嚇得嚷嚷起來，你剛才可不是這樣的！

那麼激動幹什麼，身材矮小的南方人彷彿也很害怕：你這人剛才自言自語，現在又裝神弄鬼，我不跟著你了。說完，他果斷地掉轉身，朝相反的方向走遠了，拋下老張獨自行走在空蕩蕩的街。街邊的店鋪全都沒有開門。樹葉在風中沙沙作響，空中一隻鳥也沒有。

路的盡頭是路。路的盡頭是樓。粉色的綠色的灰色的樓。綠色的樓裡有四十八套房子。四十八套房子裡住著四十八個丈夫四十八個老婆四十八個孩子四十八隻狗。現在老張站在電梯前等候他一生中無數次等候著的電梯，對目前的狀況終於有了一點把握。剛才在路上驚出的一身冷汗把他的內褲都濕透了。他需要安寧。光潔明亮的電梯緩緩落到一樓，映出了老張的身影：一個身著西服面色蠟黃滿臉愁容的中年男人。

看到自家門口貼著的朱紅色的「家」字，老張心裡塌實下來，掏出一大串鑰匙，摸到其中最圓滑的一個，正要開門，猛然打了個冷顫。不會再有什麼意外發生吧？老婆還年輕，終日在家閒賦，今天理論上他可是不該回家的人。千萬別再有什麼意外了，我這一把年紀已經承受不起了。這麼想著，老張決定還是先敲敲門爲妥。

噹噹噹！

誰呀？一個嬌嫩的女聲響起。

老婆，是我呀。你沒在幹什麼吧？

神經病。

如果你沒在幹什麼的話，我可進來啦。

你愛進不進。

老張鬆了口氣，打開房門。老婆盤腿坐在沙發上，左手不停地往嘴裡塞著薯條，右手則舉著一根棒棒糖，間或伸進嘴裡吮一下。她直視前方的電視，瞧都不瞧老張一眼。此情此景讓老張覺得意外極了，簡直就不可思議。

你怎麼什麼都沒幹呢！老張沒注意到自己語氣中的失落感。

你要我幹什麼呀。老婆迅速用眼白白了老張一眼，眼球仍一動不動地盯著電視。

可你怎麼不覺得意外呢？我不是出差去了麼？

是麼？你出差去了？太意外了。她明顯地是在敷衍他，吮了一口棒棒糖。

老張又開始覺得不對勁了。哎，你是我老婆麼？他越看沙發上這個女人越心疑——她穿著豆綠色泡泡紗連衣裙，梳著童花頭，臉蛋紅撲撲的，拖著兩條鼻涕——總該有五，六歲了吧。

廢他媽什麼話。女童挺了挺尚未發育的胸脯，以便老張能夠看清楚她胸前連衣裙上繡著的兩個紅字：老婆。這不是一清二楚的事麼。

哦，我多心了。對不起，老婆，我今天實在是糊塗了。

還不快去洗個澡！臭烘烘的。女童吸了吸鼻涕，用稚嫩的女聲命令道。

就去，就去。老張卸下公文包和紙袋，打開公文包扣得嚴嚴實實的銅扣，反提起包，倒出一大堆髒內褲髒襪子。那麼就麻煩你了，老婆。說完，老張伸手從紙袋中掏出疊得齊齊整整的手紙和那張疊得齊齊整整的報紙，徑直鑽進衛生間，脫了褲子蹲到馬桶上，長長地鬆了口氣，仔細地打開報紙。

二〇〇一年六月十三—十六日

國家圖書館出版品預行編目資料

十三不靠／尹麗川著；
--初版--
臺北市：大塊文化，2003[民92]
面：　公分.--(To:19)

ISBN 986-7975-82-0（平裝）

857.63　　　92002784

LOCUS

LOCUS

LOCUS

LOCUS